Hackl Die Perle des Hui Chun Gong

Monnica Hackl

Die Perle
des Hui Chun Gong

Bewegungsübungen zur Verjüngung
von Körper und Geist

IRISIANA

IRISIANA

Eine Buchreihe herausgegeben von
Margit und Rüdiger Dahlke

Bildnachweis:
Foto: Frank Schubert
Kalligraphien von Yap En Teen, Singapur.

Die Deutsche Bibliothek – CIP-Einheitsaufnahme
Hackl, Monnica:
Die Perle des Hui-chun-gong: Bewegungsübungen zur
Verjüngung von Körper und Geist / Monnica Hackl. –
München: Hugendubel, 1993
(Irisiana)
ISBN 3-88034-680-1

Umschlaggestaltung: Zembsch' Werkstatt, München
Fotos: Monnica Hackl
Produktion: Tillmann Roeder, München
Fotosatz: Uhl + Massopust GmbH, Aalen
Reproduktionen: Fotolito Longo, Frangart
Druck und Bindung: Bosch Druck, Landshut/Ergolding
Printed in Germany

ISBN 3-88034-680-1

Inhalt

Einführung 7
Vorwort 8

Der Morgen in Singapur 9
Meister Ong 16
Der neue Hui Chun Gong 19
Die innerlichen Übungen 20

DIE ÜBUNGEN 25

Eröffnungsübung 27
1. Schulteröffnen 33
2. Rückkehr des Frühlings* 39
3. Schulterkreisen 45
4. Vitalenergie* 51
5. Der Vogel Rock fliegt 61
6. Pumpen des Yin 69
7. Stärkung der Niere 73
8. Das Herz beleben 79
9. Drachenschwimmen 83
10. Himmelskreise 93
11. Erdenkreise 99
12. Froschschwimmen 105
13. Der Phönix breitet seine Flügel aus 109
14. Drei hohe Sterne 115
15. Der Adler schärft seine Krallen* 123

Die unsichtbare Übung 126
Das Löschen der Muster 135
Hui Chun Gong fürs Fußvolk? 141
Die Angst der Meister 146
Der Tod der Meister 150
Die Legende geht weiter 157

Literaturhinweise 161

Die mit einem * gezeichneten Übungen sind für Schwangere nicht geeignet.

Meister Ong

Meister Ong
als Dank für seine Mühe und Freundlichkeit.
Ich wünsche ihm von Herzen einen Platz am
Tisch der Götter.

Vorwort

In den meisten Buchhandlungen können wir heute gute deutsche Übersetzungen von Schriften kaufen, die bis vor wenigen Jahrzehnten dem westlichen Menschen völlig verschlossen waren. Aber auch in den östlichen Kulturen wäre in früheren Zeiten der Zugang zu solchen Schriften nur dann möglich gewesen, wenn jemand vom Glück äußerst begünstigt gewesen wäre und zudem lange Zeit hinter Klostermauern oder unter Anleitung eines erleuchteten Meisters studiert hätte.

Ähnlich ist es mit dem vorliegenden Buch. Waren bereits die Übungen aus dem Buch *Hui Chun Gong – Die Verjüngungsübungen der chinesischen Kaiser* den engeren Angehörigen des kaiserlichen Hofs und den wenigen Mönchen des Hua-Shan-Klosters nach langen Jahren des Noviziats vorbehalten, so waren die hier beschriebenen inneren Hui-Chun-Gong-Übungen noch geheimer und noch weniger verbreitet. Während man die äußeren Übungen durch Abschauen und Nachahmen erlernen konnte, wurden die inneren Übungen in der Regel nur mündlich oder in absichtlich unverständlichen Anleitungen direkt vom Lehrer auf den Schüler übertragen.

Daß diese inneren Übungen jetzt einem breiten interessierten Publikum vorliegen, ist mehreren glücklichen Umständen zu verdanken: In den östlichen Kulturen trennen sich immer mehr Meister von ihrem wie einen Schatz gehüteten Wissen, da sie aufgrund der Verwestlichung der Lebensweise und wegen politischen Begebenheiten befürchten müssen, daß das alte Wissen ihres Heimatlands absterben könnte. Ein weiterer entscheidender Glücksfall ist in der Person der Autorin zu sehen, der es gelungen ist, das erworbene Wissen in enger Verbindung zu den chinesischen Meistern in einer verständlichen Form darzustellen.

Die Übungsabläufe sind einfach und schnell zu erlernen, zur Durchdringung dessen, was hinter den Übungen steht, dürfte jedoch ein Menschenleben nicht ausreichen.

München, Mai 1993   Dr. med. Jochen Schleimer

Einführung

Seit Hui Chun Gong im Jahre 1991 zum ersten Mal in den Westen gebracht wurde, hat es Hunderte von Menschen begeistert und ihnen bei den verschiedensten Gesundheitsproblemen geholfen, wie ich aus vielen Briefen und persönlichen Gesprächen erfahren durfte.

Wer immer Hui Chun Gong übte, erlebte eine Steigerung seines Wohlbefindens und seiner Lebensfreude. Andauernde Freude aber ist ein sicheres Zeichen dafür, daß wir mit dem Schöpfer verbunden sind. Das göttliche Licht strömt über den oberen *Dan-Tien*-Punkt, das dritte Auge, direkt in unser Herz hinein und ordnet, was zu ordnen ist.

Wer sich mehr an wissenschaftliche Ergebnisse halten möchte, dem empfehle ich, sich mit den Veränderungen des Blutbilds durch Hui Chun Gong zu beschäftigen. Schon nach wenigen Wochen des Übens zeigt sich eine deutliche vorteilhafte Änderung aller gemessenen Parameter.

Welche Richtung Sie auch bevorzugen, ich wünsche Ihnen Gesundheit und Freude mit Hui Chun Gong.

MONNICA HACKL

Der Morgen in Singapur

Das Schrillen des Weckers riß mich aus dem dumpfen, traumlosen Schlaf der Tropen, es war vier Uhr fünfzehn. Ich war erst vor wenigen Stunden gegen Mitternacht in Singapur angekommen und brauchte nun einige Minuten, um mich nach dem ersten Aufschrecken zu besinnen. Mein Kreislauf sackte ab, mir war schwindlig und übel. Um meinen schlafenden Mann nicht zu stören, tastete ich mich bei vollkommener Dunkelheit in Richtung Bad. Die Kleider hatte ich schon zuvor zurechtgelegt, sie lagen der Reihenfolge nach auf der Kommode. Wie bei der Feuerwehr im Alarmfall war jeder Griff vorausgeplant, so daß ich meine Sachen blind finden konnte.

Dann verließ ich das Hotel, um auf die stockdunkle, leere Straße hinauszugehen. Kein Mensch, kein Auto war weit und breit zu sehen, die Lichtergirlanden der Kaufhäuser und die riesigen Blätterwedel der Fächerpalmen schaukelten im leisen Wind. Die Bushaltestelle war nur einige Minuten entfernt, und ich wartete einsam unter Gummi- und Mangobäumen auf den Bus. Trotz des frühen Morgens war es drückend schwül, gelegentlich wehte vom Osten her eine leichte Brise, die ich gleichsam durstig nach Abkühlung aufsog. Aber sie streifte nur kurz meine feuchte Haut, dann legte sie sich wieder.

Eine alte, dürre Malayin in ihrer farbigen, langen Tracht stand plötzlich wie aus dem Nichts vor mir. Sie hatte einen argen, trockenen Husten, der die nächtliche Stille durchschnitt und sollte in den nächsten zwei Monaten immer der erste Mensch sein, dem ich am dunklen Morgen Singapurs begegnete. Als der Bus wenig später hielt, musterte mich der chinesische Fahrer von oben bis unten. Uhrzeit, Person und Reiseziel ließen ihn verlegen auflachen. Dann wandte sich seine ungebührliche Erheiterung in ein freundliches, windschiefes Grinsen und er zeigte mir mit den typischen Fingerzeichen der Chinesen den Tarif an, den ich zu zahlen hatte. Als die Geldstücke scheppernd im Kasten klangen, konnte er sich nicht mehr beherrschen, er schüttelte den Kopf und fing an, laut zu lachen.

Eine Weiße, die um fünf Uhr früh nach Bukit Timah wollte! Bukit Timah, das wegen seiner wilden Hunde und Affen, die im Dschungel umherstreunten, gemiedenes Land war. Bukit Timah, jene gottverlassene Stelle der Insel, an der tropische Vegetation die Zivilisation überwältigte, an der Bananenstauden und die verschiedensten Palmenarten von Schlingpflanzen überwuchert wurden, die wie lange Vorhänge bis zum Boden herab baumelten. Gigantische Gummibäume, süß und schwer duftende Frangipianibäume, auf denen wilde Orchideen wuchsen, Pflanzen, deren Namen niemand kannte, schienen dort eine eigene Wesenheit zu bilden, die die schwere, feuchte Luft einsog.

Ich lächelte zurück, und als er sah, daß ihm sein Gefühlsausbruch nicht übelgenommen wurde, hatte ich ihn zum Freund gewonnen. Er gewöhnte sich bald daran, daß ich, aus welchen Gründen auch immer, jetzt zu seiner morgendlichen Fracht gehörte.

Wenn er einmal etwas früher dran war, wartete er so lange, bis die weiße Frau über die dunkle Straße gehüpft kam und in seinen Bus sprang. Noch einmal brachte ich ihn während der Monate, die ich in Singapur verbrachte, zum Lachen. Ich hatte mich verspätet, weil der Aufzug blockiert war, und als ich aus dem Hotel rannte, fuhr er gerade an mir vorbei. Auf mein aufgeregtes Winken hin blieb er mitten auf der Kreuzung stehen und ließ mich einsteigen. Während der ganzen Fahrt mußte er immer wieder kopfschüttelnd lachen: In Singapur hält man nicht so einfach mitten auf der Straße, erst recht nicht bei dunkler Nacht, ebensowenig wie man als Fußgänger bei roter Ampel über die Straße geht! Kein vernünftiger Mensch würde das tun, denn dafür sind hohe Geldstrafen ausgesetzt. Aber er zeigte unverhohlene Freude über diesen heimlichen Gesetzesbruch, der im perfekten Singapur geradezu ketzerisch anmutet.

Noch im Stadtbereich stieg eine alte Inderin zu und wenig später ein alter Chinese. Sie sollten mit dem Fahrer und der Malayin meine ständigen morgendlichen Begleiter werden. Der Bus verließ das bewohnte Gebiet und wurde, indem er je einen Vertreter der Rassen beförderte, aus denen sich die Bevölkerung dieses Stadtstaates zusammensetzt, Malayen, Chinesen, Inder und Weiße, zu einem Symbol für Singapur selbst. »Vier Völker – eine Nation« ist hier die vielgehörte Devise.

Obwohl die Straßen gähnend leer waren, brauchte der Bus eine halbe Stunde, um in die Nähe des Ziels zu kommen. Nun mußte ich noch eine Weile zu Fuß gehen, bis ich im dürftigen Licht einer Laterne den Platz wiedersah, den ich vor einem Jahr so freudig besucht hatte. Heute war ich früh dran und rechnete nicht damit, daß schon irgend jemand vor mir da sein würde. Nach ein paar Schritten konnte ich jedoch den hellen Schimmer eines T-Shirts erkennen, und ich sah »den alten Mann« (lao ren), wie er von allen genannt wurde, in kraftvollen Sprüngen über den Platz huschen. In der rechten Hand schwang er ein riesiges Schwert, das im Dunkeln leuchtete.

Ich setzte mich auf eine Bank und sah ihm bei seinen Übungen zu. An diesem Platz hatte mich vor zwei Jahren meine Lehrerin Madame Chan mit Meister Ong bekannt

Der alte Mann

gemacht. Madame Chan unterrichtete mich seit vielen Jahren in Tai Chi Chuan, wenn ich in Singapur war. Bei meinem letzten Besuch hatte sich die alte Dame so verjüngt, daß ich sie nicht mehr wiedererkannte (beschrieben in »Hui Chun Gong – Die Verjüngungsübungen der chinesischen Kaiser«, Hugendubel Verlag). Sie unterzog mich einem einjährigen Test und führte mich dann zu Meister Ong, der meine Ausbildung in Hui Chun Gong unternahm und mich jene Übungen lehrte, die Madame Chan so frisch und jugendlich gemacht hatten.

Diese Übungen wurden von den daoistischen Mönchen des Hua-Shan-Klosters durch Meditation entdeckt. Infolge ihrer geheimen Hui-Chun-Gong-Übungen erreichten die Hua-Shan-Mönche ein hohes Alter – der Legende nach wurden sie

Madame Chan und Monnica Hackl

mindestens 120 Jahre alt –, gleichzeitig blieben sie geistig und körperlich erstaunlich frisch und vital. Als der chinesische Kaiser davon hörte, ließ er die Mönche mit Gewalt an den kaiserlichen Hof bringen und zwang sie, ihn Hui Chun Gong zu lehren. So gelangten die Übungen der Mönche an den kaiserlichen Hof, wo sie als gehütetes Geheimnis der Jugend und des langen Lebens nur dem Kaiser selbst bekannt waren.

Nach dem Tod des letzten chinesischen Kaisers im Jahre 1967 ging auch dieses Geheimnis verloren, wobei es nicht bekannt ist, ob Pu Yi es überhaupt noch anwandte. Jetzt gab es nur noch einen einzigen Menschen auf dieser Welt, der von Hui Chun Gong wußte – der letzte Mönch der Hua-Shan-Tradition. Er entschloß sich nach langem Ringen, sein Gelübde, das ihn zur Geheimhaltung der Übungen verpflichtete, zu brechen und begann, den Chinesen Bian Zhizhong zu unterrichten. Letzterer war nach dem Tod des Mönches wiederum der einzige Träger des Geheimnisses. Bian Zhizhong übte jahrelang hinter verschlossenen Türen und ging erst nach dem Abklingen der Kulturrevolution, während der die traditionelle Medizin wie etwas Religiöses verfolgt wurde, dazu über, Hui Chun Gong an die Öffentlichkeit zu bringen. So wurden die Hui-Chun-Gong-Übungen erst in den letzten Jahren in China bekannt.

Meister Ong reiste 1990 zu einem Verwandtenbesuch nach China und traf sich dort mit Bian Zhizhong, der ihn in diese Kunst einweihte. Er begann nun in Singapur, seine persönlichen Tai-Chi-Schüler Hui Chun Gong zu lehren. Im selben Jahr nahm er mich als erste und bis heute auch einzige, westliche Person in seinen Kreis auf, und so durfte ich von ihm diese unschätzbaren Übungen lernen.

Meine Gesundheit, Fitneß und Streßtoleranz hatten sich in kürzester Zeit so verbessert, daß es ans Wunderbare grenzte. Am glücklichsten aber war ich, daß eine langjährige Hormonstörung nach nur fünfmaligem Üben verschwunden war und auch nicht wiederkehrte. Ebenso vergaß ich meine anhaltenden Rückenschmerzen, an die ich mich erst nach einigen Monaten wieder erinnerte, als eine meiner Patientinnen über dasselbe Leiden klagte.

Das alles ging mir durch den Sinn, als ich in der Dunkelheit auf der Parkbank saß und den alten Mann bei seinem Schwerttanz beobachtete.

Langsam füllte sich der kleine Platz. Auf der rechten Seite standen etwa zwanzig Personen, die unter Anleitung einer Lehrerin und entsetzlich plärrender chinesischer Musik aus dem Kofferradio Fitneßgymnastik machten. Die linke Seite war Meister Ong vorbehalten; er hatte höchstens fünfzehn Schüler, aber meist fanden sich nur etwa acht bis zehn Personen ein. Bald nach dem alten Mann kam der Weckerträger oder der »Lord Weckerbewahrer«, wie ich ihn nannte. Er stellte eine große Weckeruhr auf die taufeuchte Parkbank und breitete einige Zeitungen auf ihr aus, auf die Meister Ong seine Habseligkeiten legen konnte. Dann begann er selbstvergessen und mit einer beneidenswerten Ruhe, Tai Chi zu üben. Wer wollte, stellte sich hinter ihn und »spielte« mit.

Der alte Mann hatte sein Schwert weggeräumt; er verstaute es zwischen den Wurzeln eines riesigen Baumes. Einmal schlich ich mich nach der Übungszeit zu diesem Baum und fand ein erstaunliches Versteck: Zwischen den brettartigen Wurzeln lehnten einige Holzstäbe und Aststücke, die genau die Länge eines chinesischen Kampfschwertes hatten. Daneben stand ein rührender, selbstgefertigter Besen, der aus Palmwedeln gebunden war, drei weiße Stoffstreifen hielten die Stöcke zusammen. Mit ihm säuberte der erste, der am Morgen eintraf, den Platz von den herabgefallenen Blättern der Angsanabäume. Die Schwerter und der Besen standen dort und tun es noch heute, keiner der täglich dort vorbeigehenden Menschen hat sich je an ihnen vergriffen.

Ich dachte an den sich ständig wiederholenden Kreislauf der Morgenstunden: Der alte Mann, die Fitneßgruppe, der Weckerträger, Meister Ong, die Schüler – in dieser Reihenfolge trafen sie täglich zu ihrem Tanz des langen Lebens ein. Viel später,

Baum mit Schwertern

wenn gegen sieben Uhr die Sonne schon aufgegangen war, konnte man in der Ferne die anderen sehen, die auch sportlich sein wollten, ohne jedoch die langjährige Mühe des Lernens von Tai Chi Chuan auf sich zu nehmen. Die indischen Paare, die seit dem populären Buch eines Singapurer Inders über »Walking« in flottem Spazierschritt durch die Anlagen fegten; die Rentner und reichen Witwen, die als einziges Zeichen der Übung nur die Arme in der Luft schwenkten; die einsamen, alten Männer, versunken in geheimnisvolle Übungen. Und als Krönung bisweilen ein greiser Meister mit seinem jungen, dicken Schüler, den er unermüdlich die schwierige Form des »Betrunkenen Schwertmannes« lehrte.

Manchmal blieb ich seinetwegen noch da, obwohl alle anderen sich schon zu ihren täglichen Beschäftigungen aufgemacht hatten. Es war faszinierend zu sehen, wie er »volltrunken« und schwankend seinen ausgestreckten Zeigefinger betrachtete und sich gleichsam an ihm aufzurichten versuchte. Wenn er mit seinem Schwert stolpernde Stöße in die Luft vollführte, glaubte ich beinahe, seine nicht vorhandene Alkoholfahne riechen zu können. Er war natürlich völlig nüchtern.

Ein einziges Mal kamen in der Dämmerung zwei Frauen durch die Sträucher gehuscht. Wie Panther sprangen sie in herrlichen, kraftvollen Sprüngen über die kleine Lichtung und folgten einer nicht enden wollenden, sternförmigen Choreografie. Beinahe hätte ich den malaiischen Parkwächter vergessen, der als einer der ersten in der Dunkelheit mit dem Fahrrad ankam und bald auf dem Boden sitzend seine Morgenzigarette rauchte. Ihr Gewürzduft machte wach und vertrieb die Moskitos, die sich auch von Blusen oder Hosen nicht abhalten ließen und einfach durch den Stoff stachen. Ohne Hast fegte er die täglich wie ein weißer Teppich auf dem Rasen liegenden Blüten des Frangipianibaumes und die Blätter der Angsanabäume auf. Manchmal, wenn er sich verspätet hatte, und die Gruppen sich schon zu Tai Chi oder Gymnastik formiert hatten, radelte er kaltblütig mitten durch uns hindurch.

Kurz nach sieben Uhr morgens lösen sich die Gruppen auf, die Menschen zerstreuen sich, und zehn Minuten später ist die kleine Lichtung wie leergefegt. Der Betrachter sieht nur einen kleinen, langweiligen Park vor der Wand des dichten Dschungels. Nichts erinnert mehr daran, daß er bis vor kurzem noch so lebhaft besucht war. Jedesmal, wenn ich in Singapur war, wurde dieser Platz auch für mich eine Art zweite Heimat. Er war wie das geräumige Zimmer eines Hauses, in dem ich meine Freunde treffen und mit ihnen üben konnte.

Das ist für mich Singapur, wie ich es liebe und wie es selbst die meisten Einwohner der Stadt nicht kennen. Touristen beschränken sich fast immer auf die Kaufhäuser der Innenstadt und lassen sich von den verführerischen Auslagen und Preisen der berühmten Orchard Road blenden. Von dort kehren sie, teilweise grotesk beladen, wieder in die nahegelegenen Hotels zurück.

Meister Ong

Beinahe täglich zur gleichen Minute traf Meister Ong ein. Stets in derselben einfachen chinesischen Tai-Chi-Tracht mit dazu passenden Schuhen gekleidet und als einzigen Schmuck einen schlichten Ehering aus Platin am Ringfinger, stellte er für mich so etwas wie eine unveränderliche, stets gleichbleibende Größe dar. Die Jahre schienen ihm nichts anzuhaben und die Augen in seinem alterslosen Gesicht hatten immer den gleichen Ausdruck: hellwach und freundlich. Er rief allen einen fröhlichen »guten Morgen« zu, klatschte in die Hände und begann damit, zuerst die kurze und dann die lange Form des Tai Chi Chuan zu spielen. Bezeichnenderweise sagen die Chinesen nicht »wir machen« oder »üben« Hui Chun Gong oder Tai Chi, sondern wir »spielen« Hui Chun Gong oder Tai Chi. In diesem Ausdruck ist die Freude zu spüren, die man beim Spielen dieser wunderbaren Übungen empfindet.

Heute wartete ich freudig gespannt auf ihn, denn ich hatte ihn zwei Jahre lang nicht gesehen. Als ich vor einem Jahr aus Thailand nach Singapur fliegen wollte, herrschten derartige Orkane und Springfluten, daß alle Flüge abgesagt werden mußten. Also blieb ich nur siebzig Flugminuten entfernt in Thailand zurück. Heute wußte er von meinem Kommen, da wir in Briefkontakt standen.

Als wir einander die Hände schüttelten, hatte ich das Gefühl, nie fortgewesen zu sein. Mein Stammplatz, direkt hinter ihm, wurde mir zugewiesen, und wir begannen mit dem Spiel des langen Lebens. Nachdem wir die beiden Tai-Chi-Formen zu Ende gebracht hatten, was etwa 40 Minuten dauerte, begannen wir mit Hui Chun Gong. Ich traute meinen Augen kaum, als Meister Ong die Übungen vorturnte – sie waren schneller, kraftvoller und straffer, als ich sie in Erinnerung hatte –, und ich machte mir Gedanken über meine mangelhafte Wahrnehmungs- und Lernfähigkeit. Ausgerechnet die Fähigkeiten, Bewegungen genau zu erkennen und nachzuahmen, auf die ich meine Schüler immer wieder hinwies, war offensichtlich bei mir selbst ebensowenig ausgebildet wie bei ihnen. Hatte ich etwa zwei Jahre lang fehlerhaft geübt und, was noch schlimmer war, Hunderte von Menschen ebenso fehlerhaft unterrichtet? Diese schrecklichen Empfindungen mußten mir deutlich ins Gesicht geschrieben gewesen sein, denn als sich Meister Ong nach der Abschlußübung umdrehte und meinen entsetzten Gesichtsausdruck sah, mußte er lächeln.

»Sie haben heute zum ersten Mal mit uns das neue Hui Chun Gong geübt. Die Übungen sind so tiefgehend, daß sich unser Körper erst langsam an sie gewöhnen muß. Sie haben die vorherige Form zwei Jahre lang geübt und können nun zu dieser schnelleren Spielart übergehen. Sie werden sehen, daß Hui Chun Gong jetzt noch rascher und spürbarer wirkt als in der Form, die Sie als erste gelernt haben.«

Mit diesen Sätzen von Meister Ong begann für mich wieder einmal das Abenteuer des Lernens. Ich war in der Meinung nach Singapur gekommen, daß ich unter der Leitung von Meister Ong meine bisherige Form verbessern würde. Statt dessen mußte ich wieder einmal von vorne anfangen. Nicht ganz von vorne, denn ich hatte immerhin zwei Jahre lang täglich Hui Chun Gong geübt und die neue Art unterschied sich äußerlich nur wenig davon. Trotzdem gab es eine Menge zu lernen, denn ich spürte bald, daß der eigentliche Akzent auf dem inneren Aspekt der Übung lag.

Dieser Umstand ist nicht einfach zu erklären, aber man kann ihn tatsächlich sehen. Ich möchte ihn mit einem Beispiel aus meiner eigenen Erfahrung deutlich machen. Vielfach hatte ich in meinen Seminaren Teilnehmer, die Hui Chun Gong sehr sorgfältig und exakt ausführten. Äußerlich gesehen waren die Übungen technisch genau und korrekt, wie sie nicht besser hätten sein können. Und dennoch fehlte das Wesentliche, nämlich die innere Bewegung, die den Qi-Gong-Übungen erst ihre unnachahmliche Eleganz und Ausstrahlung gibt. Ohne diese innere Bewegung verkörperten sie nur die Perfektion und innere Leere, die für vieles unserer Zeit so typisch ist. (Qi Gong ist ein chinesischer Ausdruck, den man – zwar nicht ganz korrekt – mit dem Begriff Sport vergleichen könnte. Ebenso wie zum Sport Reiten, Schwimmen oder Joggen gezählt werden, fallen unter den Begriff Qi Gong alle langsamen und aufmerksamen Bewegungsübungen der chinesischen Tradition, wie z. B. Tai Chi, H-Sing I, Pa Kua, Chan Mi Gong usw.)

Diese innere Bewegung tritt bei einer ungeübten Person frühestens nach zehnjähriger Übungszeit ein. Als Betrachter können Sie sie daran erkennen, daß ein Aufatmen durch Sie hindurch geht, wenn Sie einen solchen Menschen Qi Gong spielen sehen. Gleichzeitig wissen Sie, daß die Übungen ursprünglich so gemeint waren und und so und nicht anders sein können. Nur wenn sich in einem Menschen die innere Bewegung vollzogen hat, kann er Qi Gong unterrichten. Wenn ein Lehrer die innere Bewegung entwickelt hat, dann teilt sie sich all denen mit, die seiner Übung folgen. Den doppeldeutigen Ausdruck »folgen« habe ich bewußt gewählt, denn dieses Geschehen vollzieht sich sogar dann, wenn Sie ihm nur mit den Augen folgen. Wie oft habe ich beobachtet, daß sich Menschen, nachdem sie einer Vorführung von Qi-Gong-Meistern oder sogar entsprechenden Videoaufzeichnungen zugesehen hatten, viel entspannter und ausgeglichener fühlten. Man hat mir dazu in Singapur die Geschichte eines Wettstreits von Tai-Chi-Meistern erzählt, der in China stattfand. Die Zuschauer klatschten begeistert Beifall, als die einzelnen Darsteller ihre verschiedenen Stile vorführten. Als aber der letzte und wohl am weitesten entwickelte auftrat, ging ein gemeinsamer Seufzer der Erleichterung durch die vielen hundert Menschen. Nur er hatte die innere Bewegung entwickelt.

Ich durfte in Singapur ähnliches erleben. Am Ende einer sogenannten Tai-Chi-Show mit Darstellern aus der Volksrepublik China stand ein sechsundneunzigjähriger Mann auf dem Programm. In gelbe Seide gehüllt betrat ein winziges, altes Männchen mit langem Bart die Arena. Mühelos und leicht bewegte er sich flatternd vom einen Ende des Podiums zum anderen. Es war wie ein Zauber, er schien sich kaum zu bewegen, und doch!

Ich stieß meinen Mann an und fragte: »Was macht er da?« Als er geendet hatte, ging wie in der alten Geschichte ein Seufzer durch das ganze Stadium, gefolgt von langen »standing ovations«.

Ein weniger respektvoller (vielleicht westlicher) Zuschauer mag verführt sein zu denken: »So einfach ist das also, das kann ich auch!« Tatsächlich ist leider das genau die Ebene vieler Unterrichtender außerhalb Chinas.

Meister Ong und die Autorin

Das neue Hui Chun Gong

Die neue Form setzt voraus, daß Sie das »einfache« Hui Chun Gong etwa zwei Jahre lang geübt haben. Dann sind Sie in der Lage, daß Sie beim Üben nicht mehr über den Ablauf und die Abfolge der einzelnen Bewegungen nachdenken müssen. Sie beherrschen es beinahe durchgehend − soweit dies nach zweijährigem Training möglich ist −, Ihre Aufmerksamkeit auf dem *Xia-Dan-Tien*-Gebiet weilen zu lassen, während Sie Hui Chun Gong üben. Der *Xia Dan Tien* oder kurz *Xia Dan* ist eine Zone, die sich drei Finger breit oberhalb des Damms im Körperinneren befindet. Ausschließlich im Hui Chun Gong wird durch die Sammlung auf diesen Punkt während der Übungen eine gewaltige Belebung des hormonellen Systems erreicht. In anderen Qi-Gong-Arten wird dieser Punkt nicht erwähnt. (Damit Sie diesen Punkt zu erspüren lernen, empfehle ich Ihnen die Übung »Die drei Dan Tiens linear machen«, wie ich sie in dem Buch **Hui Chun Gong – Die Verjüngungsübungen der chinesischen Kaiser** beschrieben habe. Die Hui-Chun-Gong-Übungen des oben genannten Buches werden im folgenden Text der Kürze halber »Hui Chun Gong I« genannt.)

Die neuen Übungen des inneren Hui Chun Gong bestehen aus Verbesserungen, die sich einerseits in leichte Veränderungen der äußeren Bewegungsform und andererseits in eine neu zu erlernende innere Übung gliedern, wobei die innere Übung von größerer und tiefergehender Bedeutung ist.

Die Veränderungen im äußeren Bewegungsablauf dienen alle einer Steigerung der Energetik. Tatsächlich erfahren Sie, wenn Sie die neue, äußere Form allein nur wenige Minuten lang üben, daß Ihre Körperenergie gewaltig ansteigt. Das wird durch eine – vor allem innerlich vorgenommene – bewußte Muskelanspannung und Dehnung erreicht, die nur bei einigen Übungen von außen zu sehen ist. Vor allem das Gebiet des Oberbauchs und Magens wird vor und während jeder einzelnen Übung bewußt gestrafft und gedehnt. Eine zusätzliche innere Dehnung sollten Sie ebenfalls spürbar in die Waden- und Armmuskulatur hineinbringen.

Die innerlichen Übungen

Um die innerlichen Übungen ausführen zu können, sollten sie Hui Chun Gong I etwa zwei Jahre lang sorgfältig geübt haben. Anderenfalls kann eine sehr unvorteilhafte energetische Situation entstehen, die schwer zu beherrschen ist. Ich empfehle daher allen Interessierten, sich zuvor ausführlich mit den Grundlagen des Hui Chun Gong zu befassen.

Innerliche Übung

Stehen Sie ruhig und entspannt, die Knie sind gelockert, und auch die Arme hängen locker an den Körperseiten herab. Atmen Sie ein paarmal tief aus und stellen Sie sich dabei vor, daß alle Verspannungen mit der Ausatmung Ihren Körper verlassen. Lächeln Sie und nehmen Sie die kosmische, goldene Energie wahr, die sich in einer Wolke hoch über Ihrem Kopf befindet. Die Wolke senkt sich auf Sie herab, und Sie spüren mit jeder Ihrer Poren, wie der kosmische Regen Sie benetzt. Nehmen Sie diese wertvolle Energie über die Haut auf.

Diese innerliche Übung ist jetzt zusammen mit der noch zu beschreibenden Zwischenübung jeder einzelnen Bewegung des Hui Chun Gong vorangestellt. Sie symbolisiert die unendliche kosmische Lebenskraft durch das Bild der goldenen Wolke. Je mehr innere Anteilnahme Sie für diese Übung aufwenden, desto stärker werden Sie den energetischen Vorgang spüren können; denn wenn die kosmische Energie in dieser Form auf einen Menschen herabsinkt, bekommt er nur das wieder, was er zuvor eingesetzt hat. Ohne den Einsatz von eigener Energie in Form von Übung und Meditation können die Höhen nicht erreicht werden, die uns, wie die Chinesen sagen, »ins Reich der Götter« bringen. Während wir uns bemühen, in dieser Richtung voranzuschreiten, schenkt uns der Himmel noch etwas dazu, nämlich seinen Segen. Dieser Segen von oben verstärkt die Vitalenergie und bewirkt in uns Verjüngung und Heilung. Parallelen zu dieser Vorstellung fand ich übrigens in der Kahuna-Magie. Auch dort aktiviert der Übende Eigenenergie, um sie von oben in Form von kosmischen Regen wieder aufzunehmen.

Im daoistischen »Kanon der großen Leere« sind diese Vorgänge im Zusammenhang mit Qi-Gong-Übungen in einem Vers trefflich dargestellt:

> Das macht meine Sehnen zäh, die Knochen hart,
> frei fließt mein Blut.

Jung bleiben will ich für immer
und im Kontakt mit dem Reich der Götter.

Bevor Sie dazu in der Lage sind, diese zusätzlich geschenkte kosmische Energie auch tatsächlich wahrzunehmen, arbeiten Sie mit der Imagination: Senden Sie einen stillen Impuls der Ehrfurcht und Dankbarkeit nach oben und sehen Sie dann in Ihrer Vorstellung eine goldene Wolke über Ihrem Kopf. Versuchen Sie die herabsinkende kosmische Vitalenergie als Nebel oder feinen Regen auf Ihrer Haut zu spüren. Die Imagination ist aber nur eine Art Krücke, die im Lauf der Zeit von echten Erfahrungen abgelöst werden sollte.

Diese innerliche Übung geht im stillen jeder einzelnen Position des Hui Chun Gong voraus. Nach dieser Imagination bauen Sie, ebenfalls vor jeder einzelnen Position des Hui Chun Gong, die neue Zwischenübung ein.

Zwischenübung

Stehen Sie aufrecht und locker, wie bei der vorausgegangenen Meditationsübung. Die Fersen berühren einander und die Fußspitzen weisen in einem 45°-Winkel auseinander. Blicken Sie geradeaus und heben Sie die Arme langsam in einem 90°-Winkel nach oben, gleichzeitig heben Sie auch die Fersen an. Atmen Sie während dieser Bewegung ein.

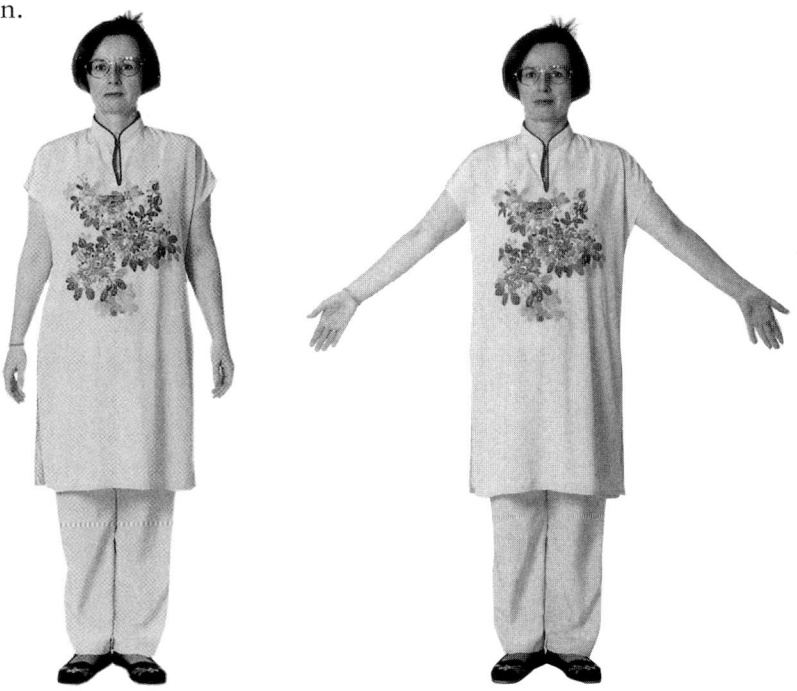

Wenn sich die beiden Handflächen auf dem Scheitel treffen, atmen Sie langsam aus und führen die zusammengelegten Hände vor der Körpermitte wieder nach unten. Gleichzeitig senken Sie die Fersen, so daß Sie wieder mit der ganzen Sohle auf dem Boden stehen.

Wenn die Zeigefinger unter der Nasenspitze sind und beide Daumen auf das Kehlchakra zeigen, atmen Sie wieder ein.

Der Atemzug sollte so tief sein, daß sich Bauch und Brust dabei ausdehnen. Während der nächsten Ausatmung lassen Sie die Hände weiterhin in die Ausgangsstellung herabsinken und nehmen Sie dann entspannt die Position ein, die nötig ist, um mit der nachfolgenden Hui-Chun-Gong-Übung zu beginnen.

Der ganze Übungsablauf vollzieht sich also folgendermaßen:

1. Innerliches Hui Chun Gong
2. Zwischenübung
3. Hui-Chun-Gong-Position

Die Zwischenübung hat den Sinn, die Energie, die durch die innerliche Übung und durch die Bewegungsübungen aufgenommen werden, im Körper zu verteilen und ihn dann zu versiegeln. Mir fiel auf, daß ich bei meinem täglichen Hui Chun Gong I gelegentlich das Gefühl hatte, irgendwo am Körper ein Leck zu haben. Durch die Übung wurde zwar viel Energie erzeugt, doch sie verteilte sich nicht immer so im Körper, daß eine harmonische Wirkung entstand. Wohl durch die persönliche Disposition an diesem Tag oder gewisse Wetterumstände ausgelöst, kam es manchmal zu Schweißausbrüchen und Herzklopfen, seltener zu Schwindel und Atemlosigkeit. Dieser offensichtliche Energiestau führt beim gesunden Menschen meist dazu, daß das überschüssige Qi einfach nach einer gewissen Zeit abgeleitet wird, bevor es im Körper Schaden anrichten kann. Die chinesische Medizin spricht davon, daß auch bei zuviel Qi eine Gefahr für den Organismus besteht, denn diese zu heiße Energie kann dazu führen, daß Körper- und Organgewebe »verkocht« wird – wie tatsächlich der originale medizinische Ausdruck im Chinesischen heißt.

Mit der Zwischenübung tritt eine spürbare energetische Entspannung auf. Unvergleichlich sanft wird das Qi gleichmäßig im Körper verteilt, es rieselt geradezu wie ein lauer Regen in ihn hinein. Gleichzeitig werden durch die korrekte Abwärtsbewegung der Hände die Öffnungen versiegelt, durch die die Energie wieder abfließen könnte.

Die Übungen

Alle Übungen werden immer zuerst mit der linken Körperseite und nach links ausgeführt. Das hat seinen Grund: Die linke Seite ist die rezeptive, aufnehmende Seite. Wir nehmen also das kosmische Qi auf, indem wir links beginnen. Wenn wir diese Energie einmal aufgenommen haben, müssen wir sie anschließend auch »verdauen«; nichts anderes geschieht nämlich, wenn wir nun als zweites nach rechts und mit der rechten Körperseite üben. Die rechte Seite steht für das strukturierende und formende Element.

Beim Aufnehmen der Energie durch die Hui-Chun-Gong-Übungen findet ein ähnlicher Vorgang wie bei der Aufnahme von Nahrung statt: Zuerst wird die Nahrung – sei sie stofflich oder wie hier feinstofflich – aufgenommen, dann wird sie verdaut. Im Verdauungstrakt sorgen körpereigene chemische Stoffe und Enzyme dafür, daß die verspeiste Nahrung auch verwertet wird. Beim Hui Chun Gong werden diese feinstofflichen »Enzyme« durch die strukturierende Kraft der rechten Seite hinzugefügt.

Jede Übung wird achtmal ausgeführt, eine Ausnahme bildet nur die »Rückkehr des Frühlings«, die in der fortgeschrittenen Form zweihundertmal durchgeführt wird. Auch hier wurde ich oft gefragt, weshalb das so ist. Im chinesischen Bereich gilt, ebenso wie im Abendland, die Zahl Acht als Symbol der Unendlichkeit und Unsterblichkeit. Wie um diesen Umstand zu erläutern, trägt eine der geheimen Hui-Chun-Gong-Übungen, die hier nicht beschrieben wird, den Namen: »Acht Heilige feiern die Unsterblichkeit«. Ich habe eine humorvolle Erklärung dafür gefunden, weshalb die Zahl Acht so wichtig im Hui Chun Gong ist: Die daoistischen Mönche haben damit Zugang zu einem kosmischen Programm gefunden, in dem wie auf dem Bildschirm eines Computers immer wieder das Wort »Jugend« aufflammt.

Zusätzlich werden Sie bei einigen Übungen einen Hinweis auf die nordischen Runen finden. Obwohl dies zunächst befremdend wirkt, gibt es in der asiatischen Kultur einen deutlichen Bezug zu diesem System. Weitere Erklärungen dazu finden Sie in dem Kapitel *Das Löschen der Muster*.

开步动作

Eröffnungsübung

Vorbereitung

Stehen Sie aufrecht mit geschlossenen Beinen da. Die Füße berühren sich nur an den Fersen, ihre Spitzen zeigen in einem 45°-Winkel auseinander. Die Hände hängen locker am Körper herab, und auch die Knie sind gelockert.

Innere Übung

Sammeln Sie alle eigene Energie, die in Ihnen oder um Sie herum kreist, in Ihrer Vorstellung ein. Lassen Sie diese Energie wie warmes Wachs am und im Körper herabgleiten, und zwar so lange, bis sie sich im unteren *Dan-Tien*-Punkt sammelt, der sich drei Fingerbreit über dem Damm im Körper befindet. In lockerer innerer Sammlung nehmen Sie jetzt die spezifische Energie des unteren Dan Tien wahr. Wenn Sie sie sicher fixiert haben, beginnen Sie zu lächeln und erzeugen Sie folgende Vorstellung:

Sie stehen wie übergossen von strahlendem goldenen Glanz, Ihr Inneres fühlt sich leicht und warm an, Ihr Geist ist klar und ungetrübt, Ihre Haut leuchtet vor Frische. Sie sind strahlend jung und gesund, und über Ihrem Kopf sprüht ein goldener Regen, der Sie unaufhörlich mit einer herrlichen, frischen Energie aus dem Kosmos benetzt.

Versuchen Sie gleichzeitig, während dieser Imagination das Gefühl der Sammlung auf den unteren Dan Tien festzuhalten. Vermutlich müssen die meisten von Ihnen eine Zeitlang üben, bis es ohne Anstrengung und mit ungeteilter Aufmerksamkeit möglich ist. Das ist in Ordnung; wenn es Ihnen gelungen ist, die Aufmerksamkeit auszudehnen, können Sie damit beginnen, die körperliche Übung auszuführen.

Folgen Sie dem geschilderten Ablauf der inneren Übung, bevor Sie mit jeder der einzelnen Übungen beginnen. In den Übungsbeschreibungen ist der ganze Text der Einfachheit halber in ein paar kurzen Sätzen unter dem Titel »Vorbereitung« zusammengefaßt. Kehren Sie daher immer wieder und so lange zur obigen genauen Schilderung zurück, bis Ihnen die innere Abfolge geläufig ist. Es ist besser, zuerst nur wenige Übungen aus dem Hui Chun Gong zu üben, dafür aber vor jeder einzelnen Übung das innere Geschehen sorgfältig zu imaginieren und zu erspüren.

Übung

Heben Sie beide Arme seitlich in einem Halbkreis nach oben, bis sich die Hände über dem Scheitel treffen. Bei dieser Aufwärtsbewegung der Arme atmen Sie tief, aber unhörbar ein. Gleichzeitig heben Sie beide Fußsohlen so an, daß Sie auf den Zehen stehen. Im Gegensatz zu Hui Chun Gong I, wo nur die Ferse angehoben wurde, stehen Sie nun beinahe auf den Zehenspitzen. Die Knie sind nicht mehr locker, sondern werden straff durchgestreckt. Erspüren Sie eine innere Dehnung in den Waden- und Armmuskeln, die über die äußerlich sichtbare hinausgeht.

Strecken Sie auch die Arme so weit nach oben, wie es Ihnen möglich ist. Wenn sich die Hände über dem Kopf getroffen haben, bringen Sie noch eine zusätzliche Dehnung in das Gebiet des Magens.

Legen Sie dann die Handflächen zusammen und lassen Sie das Körpergewicht wieder auf den ganzen Fuß sinken. Die Hände werden mit zusammengelegten Handflächen vom Scheitel her und vor dem Gesicht herabgezogen. Wenn sie unterhalb des Kinns angelangt sind, bringen Sie die Hände mit nach vorne weisende Handflächen wieder in ihre seitliche Ausgangsposition zurück.

Üben Sie diese Eröffnungsübung achtmal.

Zusätzliche Informationen

Während Sie sich ausstrecken, wird der ganze Körper, einschließlich Brust, Magen und Wirbelsäule, so weit wie möglich nach oben ausgedehnt. Durch diese Streckhaltung verändert sich in erster Linie zunächst einmal die Atmung. Machen Sie die Übung so langsam und gesammelt, daß Sie nicht ins Wanken kommen und das Gleichgewicht verlieren. Die innere Balance der Bewegungen ist ein guter Gradmesser für Ihre geistige Sammlung.

Während der Abwärtsbewegung wird mit offenem Mund ausgeatmet. Die Ausatmung geschieht jedoch geräuschlos. Wenn Sie die Wirkung verstärken wollen, formen Sie dabei die Lippen zu einem deutlichen O. Allein durch die stille Ausatmung bei dieser Mundhaltung werden die Organe Niere und Nebenniere nachhaltig gestärkt. Da die chinesische Medizin glaube, daß in den Nieren die Lebensessenz gespeichert ist, legen die Qi-Gong-Meister meist großen Nachdruck auf diese Mundstellung. Ich erinnere mich noch, wie ein Barfußarzt vergeblich versuchte, einer Engländerin beizubringen, auf O auszuatmen. Sie bemühte sich sehr, brachte aber nur ein klägliches ffff zustande.

Das übliche Geräusch bei der Ausatmung scheint jedoch auch kulturell bedingt zu sein. Auch ich hatte Schwierigkeiten, korrekt auf *Ohh* oder *Uhh* auszuatmen und kehrte lange Zeit allzuschnell und ohne es selbst wahrzunehmen, zum gewohnten *fff* zurück.

Hier besteht vielleicht eine Ähnlichkeit mit der spontanen Schmerzäußerung. Unser Schrei *AU*, der uns ohne Überlegung über die Lippen kommt, ist keineswegs in aller Welt üblich. Ich denke dabei an ungarische Patienten, die während einer Akupunkturbehandlung ebenso selbstverständlich *JOI* schrien. Thailänder äußern ihren Schmerz mit *I*-Lauten, Japaner fangen dabei an zu kichern. Eine Untersuchung dieser »natürlichen« Laute bei Ausatmung oder Schmerz wäre sicherlich spannend.

Durch die Eröffnungsübung werden die Energien des Himmels und der Erde förmlich in den menschlichen Körper hineingesogen. Durch den *Yong-Guan*-Punkt in der Mitte der Fußsohle saugen Sie die blaue Yin-Energie der Erde an, mit den Händen ziehen Sie die violette Energie des Kosmos in sich hinein. Beide vermischen sich im Körper und fließen dann aus den beiden senkrechten Meridianen der Körpermitte in alle anderen Verteilergefäße ein.

Die Übung gleicht der Rune *Man* oder *Elhaz* (ᛉ), der Rune *Tiwaz* oder *Tyr* (↑) und im Zenit der Streckbewegung der Rune Is (|). Die Sprache der Übung, die auch immer wieder als Zwischenübung vor jede einzelne Hui-Chun-Gong-Position gestellt ist, erschließt auf diese Weise ihren Sinn. Und wie in einem offenen Buch können wir die tiefe Bedeutung der Bewegung lesen: *Man-Tyr-Is – Der Mensch öffnet sich die Tür zu den Welten!* Kosmische Muster bewahren sich durch alle Kulturen hindurch den gleichen Sinn und unterscheiden sich nur in ihren Bezeichnungen oder Namen. Die energetische Bedeutung dieser nordischen Zeichen ist genau dieselbe, wie im vorausgegangenen Absatz geschildert wurde: Die Energien des Himmels und der Erde werden in den Körper hineingeleitet und vermischen sich dort.

Die Übung scheint eine rätselhafte Wirkung auf Beine und Füße zu haben. Bei Patienten, die unter schmerzenden Füßen litten, brachte sie, für sich allein genommen und häufiger als nur achtmal ausgeführt, oft eine sofortige Befreiung von den Schmerzen.

Die Übung beruhigt, denn wir streifen mit ihr die hektische Stimmung des Alltags ab. Dadurch stimmt sie uns weihevoll auf die folgenden Übungen ein. Sie kann uns auch in Zeiten der Unruhe und Anspannung befreien und zu spürbarer innerer Ruhe führen.

Wenn wir bei der Abwärtsbwegung der Hände die sogenannte Madonnengeste einnehmen, regen wir zusätzlich noch die Thymusdrüse an, die einen Teil unseres Abwehrsystems bildet. Obwohl die weitverbreiteten Darstellungen der Lourdes-Madonnen mit ausgebreiteten Armen sicherlich kein Kunstgenuß sind, so ist es doch heilsam, eine solche Figur anzusehen, denn wie von dem Kinesiologen Dr. J. Diamond herausgefunden wurde, kräftigt diese Geste die Tätigkeit der Thymus-drüse. Wenn Sie das zusätzlich mit einem Lächeln auf den Lippen tun, wie es im Hui Chun Gong der Fall ist, stärken Sie Ihr Abwehrsystem.

Madonnengeste

开肩动作

1. Schulteröffnen

Vorbereitung

Beide Füße sind im 45°-Winkel auf den Boden aufgesetzt. Die Arme hängen entspannt seitlich herab.

Lassen Sie alle innerlich und äußerlich empfundenen Energien wie flüssiges Wachs am Körper herabgleiten, bis sie sich im unteren *Dan Tien* gesammelt haben. Halten Sie die Aufmerksamkeit auf dieser Zone, gleichzeitig beginnen Sie zu lächeln. Stellen Sie sich dabei vor, daß Sie voller Jugend und Frische sind. Der goldene Regen aus dem Kosmos überströmt Sie.

Zwischenübung

Übung

Stellen Sie beide Füße parallel im Abstand Ihrer Schulterbreite nebeneinander. Verschieben Sie die herabhängenden Hände leicht aus der natürlichen mittleren Seitenlinie des Körpers heraus und legen Sie sie etwas nach hinten, so daß sie den unteren Ausläufer des Gesäßmuskels bedecken.

Lassen Sie nun Ihr unteres Kreuz und Ihr Gesäß schwer werden – so schwer, daß es Sie nach unten zieht. Die Knie beugen sich dabei, und auch der ganze Körper sinkt nach unten. Die Hände gleiten an der Rückseite der Oberschenkel herab, bis sie an der Kniekehle angelangt sind. Die Zeigefinger liegen in der Querfalte des Knies und komprimieren den Akupunkturpunkt *Wei Chong,* der in der Mitte der Kniekehle liegt. Verlagern Sie in dieser Position das Körpergewicht nach vorne auf die Zehenballen; die Ferse wird dabei angehoben.

Gleichzeitig gleiten die Hände nach vorne und bedecken das Knie. Lassen Sie die emporgehobenen Fersen langsam sinken, bis Sie auf der ganzen Fußsohle stehen, und richten Sie sich langsam wieder auf. Der Impuls zur Aufwärtsbewegung geht wiederum vom unteren Kreuz und dem Gesäß aus. Die Hände gleiten dabei an den Vorderseiten der Oberschenkel nach oben.

Wenn die Handgelenke die Leiste berühren, öffnen Sie die Schultern in einer halbkreisförmigen Bewegung nach hinten. Atmen Sie während dieser Bewegung lautlos aus und formen Sie mit den Lippen ein O. Dehnen Sie dabei auch das Gebiet des Magens.

Wiederholen Sie die Übung achtmal.

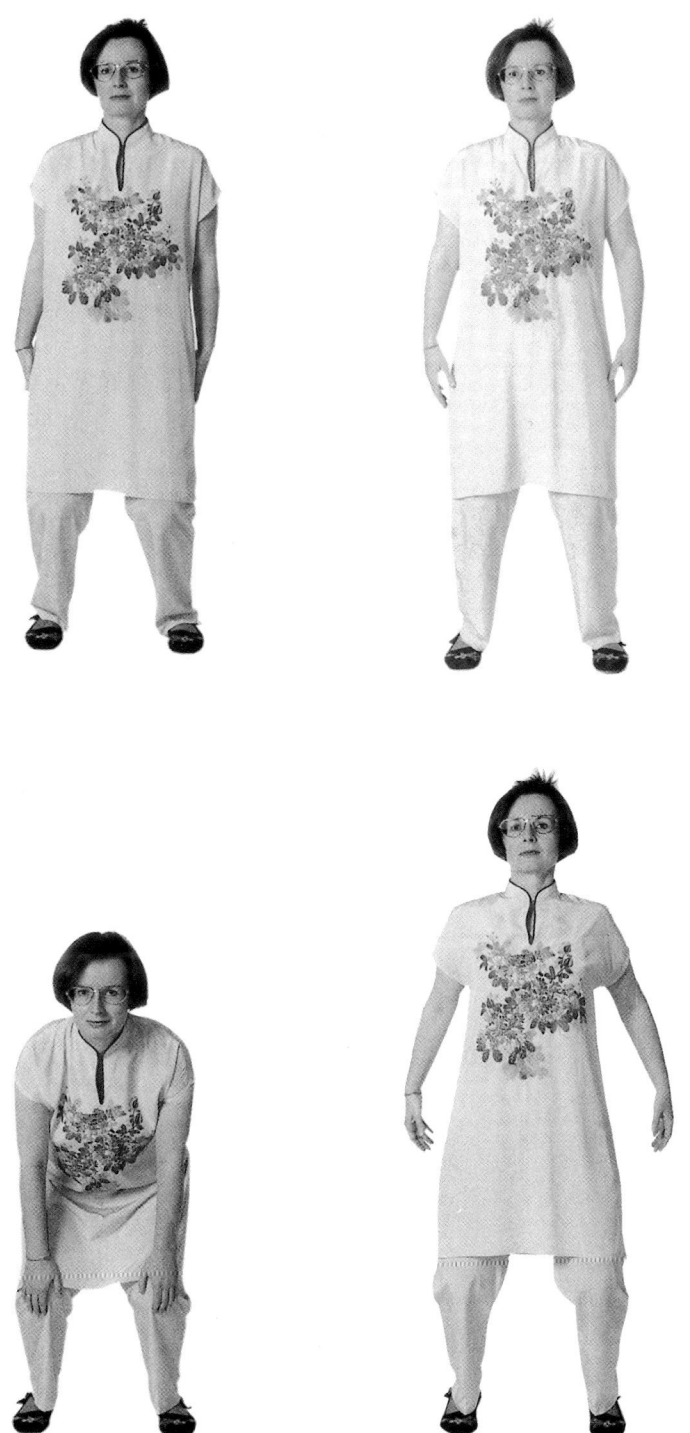

Zusätzliche Informationen

Diese Übung hat im Vergleich zu Hui Chun Gong I eine starke Veränderung erfahren. Jeder, der sie aber einmal in der neuen Form richtig durchgeführt hat, erkennt spontan die geradezu unglaubliche Verbesserung. Die Übung wird leicht und fließend ausgeführt.

Eine der wichtigsten Empfehlungen meiner Lehrer war, daß der Impuls der Auf- und Abbewegung nur vom Kreuz und vom Gesäß ausgeht. Die Übung bekommt dadurch einen völlig neuen Sinn, und eine ganz andere Kraft strömt in sie ein.

Probieren Sie einmal, Ihren unteren Lendenwirbelbereich zum Motor der Bewegung zu machen. Zum Vergleich bewegen Sie sich das nächste Mal nur, wie gewohnt, mit der Kraft der Waden und Füße. Diese zweite Bewegung wird Ihnen viel gehaltvoller vorkommen, während Sie bei der ersten Version weniger spüren, daß sie mit Leben erfüllt ist.

Dadurch wird erreicht, daß Sie sich »bewegen lassen« und sich so in das Spiel der kosmischen Kräfte einfügen.

Neben der Eröffnungsübung und der Abschlußübung ist dies eine der drei Übungen des Hui Chun Gong, bei der auf den Atem geachtet werden sollte. Während der Abwärtsbewegung des Körpers atmen Sie aus, und wenn Sie sich wieder nach oben bewegen, atmen Sie ein. Während der Schulteröffnung wird dann wieder ausgeatmet und zwar lautlos. Die Lippen bilden dabei den Vokal O, wenn Sie die Wirkung verstärken wollen.

Die Schulteröffnung selbst geschieht nicht dadurch, daß Sie die Schultern mit den Muskeln nach oben ziehen und wieder zurückrollen lassen, wie wir es im Westen spontan tun würden. Denken Sie vielmehr daran, daß die eigentliche Öffnung im Sternoclaviculargelenk geschieht. Es handelt sich dabei um das Gelenk, durch das die Schlüsselbeine mit dem Brustbein verbunden sind. Der Brustkorb wird durch diese Art der Öffnung nur im oberen Teil geweitet und gedehnt.

Bei Menschen, die dazu neigen, einen Buckel zu machen oder die an Atembeschwerden, Asthma oder chronischer Bronchitis leiden, ist dieser Bereich immer blockiert und fest. Wenn die Übung Schulteröffnen richtig durchgeführt wird, kann ähnlich wie bei den Chang-Mi-Gong-Übungen die Kundalinienergie geweckt und über die Wirbelsäule in den Kopf geleitet werden. Dort wird sie für spirituelle Erfahrungen eingesetzt.

Die Übung ähnelt der Rune *Ur*. Durch sie können Sie die Heilkraft der Erde in Ihren Körper hineinziehen. Sie wird durch den *Yong-Guan*-Punkt an den Fußsohlen aufgesogen und durchläuft den ganzen Körper, wie es im Symbol (∩) dargestellt ist. Da die Energie immer der Vorstellung folgt, können Sie das Gefühl des Energieflusses verstärken, wenn Sie sich beim Üben seinen genauen Verlauf intensiv vorstellen.

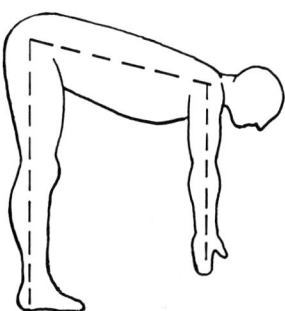

Körper in Ur-Stellung

Die Übung hat außerdem noch einen starken kosmetischen Effekt. Als ich 1992 in Singapur war, fanden meine chinesischen Hui-Chun-Gong-Freunde, daß ich mich äußerlich ganz gut gehalten hätte und, wie sie es ausdrückten, »seit Jahren dieselbe« geblieben sei. Das einzige, was sie mit der dort üblichen Offenheit feststellten, war, daß mein Hals diese erfreuliche Entwicklung nicht mitgemacht hatte und Spuren des Alters zeigte. Sie empfahlen mir, gerade die Übung »Schulteröffnen« besonders häufig und in der neuen, verbesserten Form durchzuführen. Besonders häufig habe ich daraufhin nicht geübt, ich bemühte mich nur, die neue Übung beim täglichen Hui Chun Gong so korrekt wie möglich zu spielen. Drei Wochen später hatten sie nichts mehr an meinem Hals auszusetzen!

回

春

功

2. Rückkehr des Frühlings*

Vorbereitung

Stehen Sie aufrecht und locker. Die Füße stehen im Abstand einer Schulterbreite auseinander und parallel. Die Arme hängen natürlich an den Körperseiten herab.

Beobachten Sie alle innerhalb und außerhalb des Körpers kreisenden Energien und lassen Sie sie in Ihrer Vorstellung wie warmes Wachs herabgleiten. Wenn sie sich im unteren *Dan Tien* gesammelt haben, verweilen Sie mit einem Lächeln auf diesem Gebiet. Nehmen Sie den goldenen kosmischen Regen wahr, der Sie benetzt.

Zwischenübung

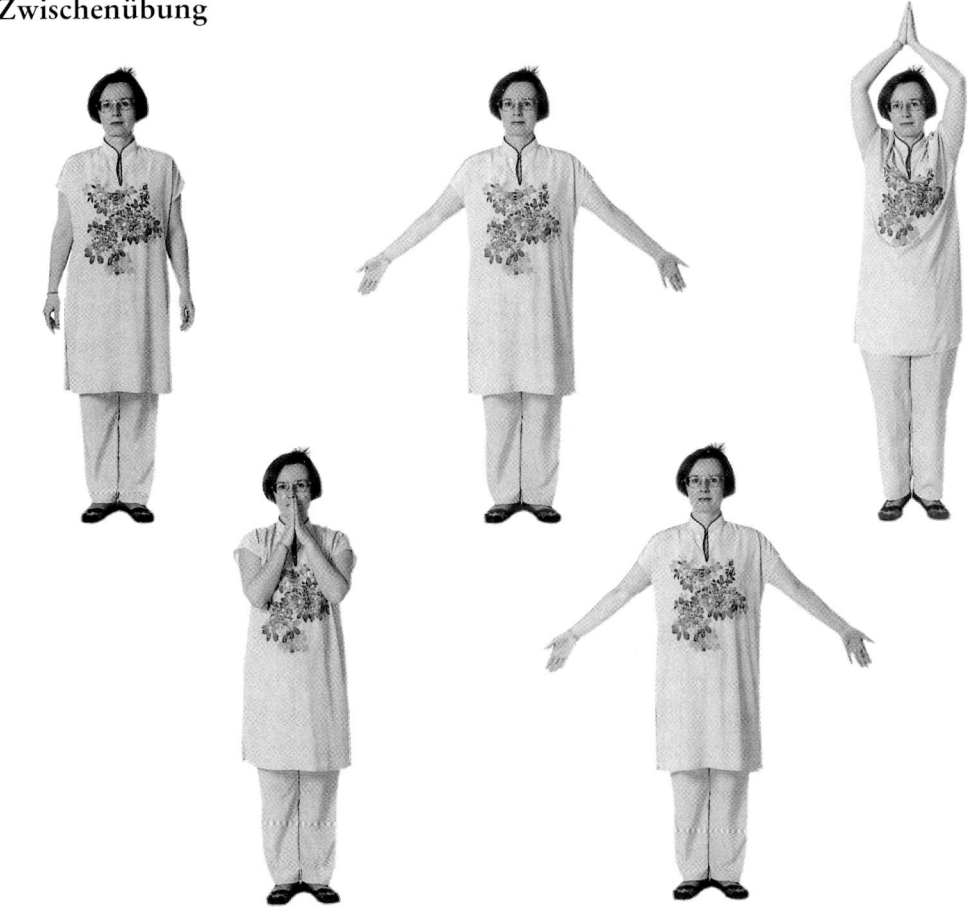

---

* (Diese Übung ist bei Schwangerschaft und latenten Psychosen nicht geeignet.)

39

Übung

Lassen Sie den Körper mit einer Ausatmung in die gelockerten Knie sinken. Spüren Sie, daß Ihre Fußsohlen fest im Boden verwurzelt sind, und beginnen Sie dann schnell aus den Knien heraus zu wippen.

Wippen Sie einige Monate lang hundertsiebzigmal auf und ab. Wenn Sie sich dabei wohlfühlen, steigern Sie die Wippbewegungen auf maximal zweihundertmal.

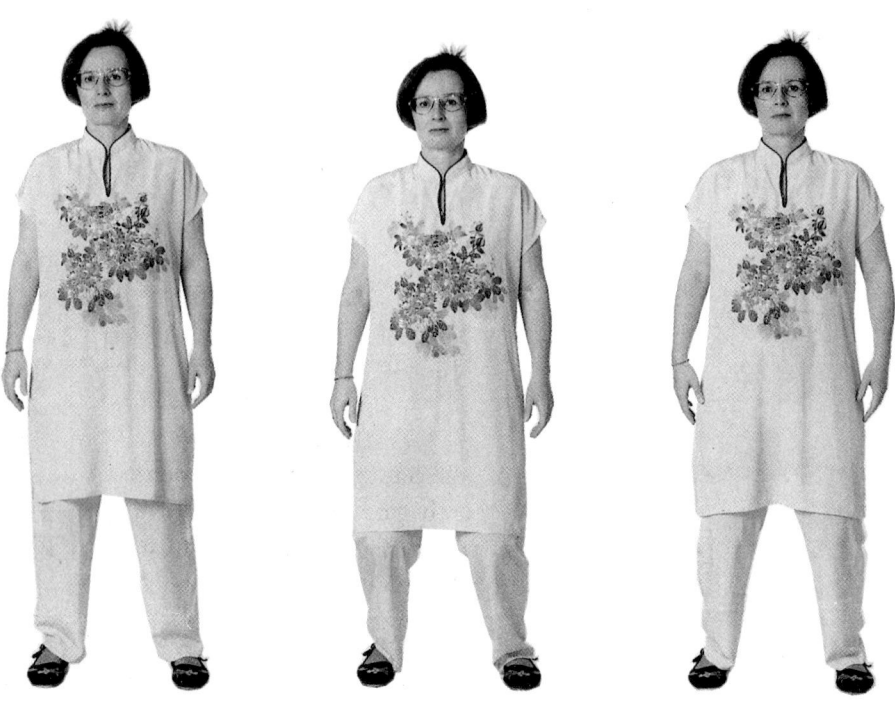

Zusätzliche Informationen

Der Oberkörper bleibt während der Bewegung gerade, ebenso der Kopf. Lächeln Sie und halten Sie die Sammlung auf den unteren *Dan Tien*. Im Gegensatz zu den anderen besonders langsamen Bewegungen des Hui Chun Gong wird diese Übung flotter ausgeführt. Es finden etwa 180 Auf- und Ab-Bewegungen pro Minute statt.

Im Westen wird diese Bewegung oft mißverstanden und mit der in den siebziger Jahren so populären »Kundalini-Meditation« vermischt. Bei dieser werden alle Körperteile einschließlich der Arme und des Kopfes wild in alle Richtungen geschleudert. Beim Hui Chun Gong ist das ganz anders: Die gerade Haltung wird bewahrt, und der Kopf bleibt in seiner natürlichen Stellung.

Sie können vor einem Spiegel überprüfen, ob Sie die Bewegung richtig ausführen: Wenn Sie die Übung machen, bewegen sich Arme und Hände immer senkrecht nach oben oder unten. Sie gleiten also genau an der Seitennaht der Hose entlang und bewegen sich keinen Augenblick in eine andere Richtung.

Bei meinem letzten Aufenthalt in Singapur verbesserte Madam Chan meine Übung sehr aufmerksam. Meister Ong hatte mich während der vorigen Hui-Chun-Gong-Sequenz beobachtet und rief Madame Chan herbei. Ich wußte, daß nun eine Korrektur bevorstand, bei der ich körperlich berührt werden mußte. Ein chinesischer Meister (und Mann) tut das nur, wenn es sich um Hand- oder Schulterstellungen handelt und auch dann nur ungern. Madame Chan nahm meine Hand, legte sie auf die Mitte ihres Brustbeins und bat mich, gut aufzupassen. Ohne daß irgendeine äußere Bewegung zu sehen war, ließ sie ihr Brustbein nach innen sinken. Ich konnte die leichte Bewegung nur mit der Hand spüren.

Nun folgte eine Periode der Übung, in der die chinesische Gruppe sich köstlich über mich amüsierte. Endlich lernte ich, mein Brustbein nach innen zu ziehen, ohne dabei einen Buckel, einen hohlen Brustkorb oder ein komisch angestrengtes Gesicht zu machen.

Wenn Sie die »Rückkehr des Frühlings« in völlig gerader Haltung und mit einem leicht nach innen gesunkenen Brustbein machen, werden Sie spuren, um wieviel lockerer und leichter der ganze Körper und besonders die Schultergelenke schwingen.

Auch eine andere Verbesserung dieser Übung habe ich Madame Chan zu verdanken, die sie allerdings ziemlich drastisch initiierte. Sie stand nach Abschluß der Übungszeit im Gespräch mit einigen Freundinnen und rief mich zu sich: »Machen Sie die ›Rückkehr des Frühlings‹«, donnerte sie mich an.

Ich begann mit dem Schütteln, als sie mir heftig auf den Fuß trat und, ohne, meinen Schmerzenschrei zu beachten, darauf stehen blieb.

»Na, schütteln Sie weiter, zweihundertmal!«

Ich schüttelte angestrengt, während sie die ganze Zeit in angeregter Unterhaltung mit Madame Binton und Madame Ho mit ihrem ganzen Gewicht ziemlich schmerzhaft auf meinem Fuß stand. Als ich endlich schweißgebadet aufhören durfte, sagte sie: »Ich habe durch Ihren Schuh gesehen, daß Sie die Zehen beim Wippen aufgerichtet haben, das darf nicht sein. Ich werde Ihnen so lange auf die Zehen treten, bis Sie es richtig gelernt haben.«

Sie trat mir noch sehr oft auf die Zehen. Endlich begriff ich, daß ich beim Wippen meinen Vorderfuß breit machen mußte. Ich lernte, meine Zehen wie die einer Ente auseinanderzudrücken und wie festgesaugt auf dem Boden zu stehen. Erst dann verschonte Madame Chan meine Zehen mit ihrem Gewicht.

Wenn es Ihnen gelingt, eine Fußstellung mit leicht gespreizten Zehen einzunehmen, haben Sie gleich einen zweifachen Gewinn: Erstens ist die »Verwurzelung« in den Boden und damit auch die Haltung stabiler geworden; zweitens wird der Punkt *Yong Quan* dadurch geweitet und die Yin-Energie der Erde kann mächtiger in den Körper hineinfließen.

Bei dieser Übung muß eine eindringliche Warnung ausgesprochen werden. Zu heftiges Schütteln kann latente Psychosen dramatisch zum Ausbruch bringen. Dieser Umstand ist wohl in erster Hinsicht einer kräftigen Hyperventilation zuzuschreiben, die besonders dann gefährlich wird, wenn sie zu lange und zu markant durchgeführt wird. In einem Artikel aus der Zeitung *China Daily* aus Bejing wird davon berichtet, daß ». . . Tausende nach unsachgemäßem Üben von Qi Gong psychotisch wurden und in psychiatrische Kliniken eingewiesen werden mußten«.

Pikanterweise kannte ich den chinesischen Arzt, der diese Welle in der Volksrepublik China auslöste, persönlich. Von einer alten Frau hatte er bis dahin unbekannte Übungen mit heftigen Schüttelbewegungen und tiefer Atmung gelernt und progagiert. Der Vorfall löste eine offiziell gesteuerte Antipathie gegenüber Qi Gong aus, die jedoch von der Bevölkerung nicht geteilt wurde.

Daher zeige ich sowohl in meinen Seminaren als auch auf meinem Lehrvideo die »Rückkehr des Frühlings« auf eine sehr moderate Art und Weise, durch die keinerlei Schäden entstehen können. Ich möchte auch alle selbsternannten Hui-Chun-Gong-Lehrer warnen, die Übung zu heftig und länger als angegeben durchzuführen. Bei einer Gruppe von zwanzig oder mehr unbekannten Seminarteilnehmern können ein oder zwei dabei sein, die Schaden nehmen könnten. Psychosen sind selbst für den Fachmann nicht leicht zu erkennen, wenn sie sich in einem stummen Stadium befinden.

Die Übung gleicht einer bewegten *Is*-(|)-Rune. Wie alle Muster wird auch sie durch Bewegung verstärkt.

肩部转动作

3. Schulterkreisen

Vorbereitung

Stehen Sie aufrecht, die Füße stehen nebeneinander, die Arme hängen locker an den Körperseiten herab. Sammeln Sie Ihre gesamte Körperenergie und lassen Sie sie im kleinen Becken zusammenfließen. Lächeln Sie und stellen Sie sich vor, daß Sie strahlend jung und gesund sind.

Zwischenübung

45

Übung

Beide Füße werden nun parallel und in Schulterbreite auf den Boden gestellt. Verlagern Sie das Körpergewicht nach links und sinken Sie tief in das linke Bein hinein. Der ganze Oberkörper dreht sich durch diese Gewichtsverlagerung halbkreisförmig nach links, gleichzeitig wird die rechte Ferse vom Boden abgehoben.

Der linke Arm bewegt sich auf das rechte Knie zu und weist noch über es hinaus. Der Arm bleibt ausgestreckt und zeichnet ein horizontal liegendes Oval nach. Der erste Abschnitt der Übung ist abgeschlossen, wenn Sie zur Ausgangsstellung zurückgekehrt sind, der linke Arm an der linken Körperseite herabhängt und beide Füße wieder mit der ganzen Sohle den Boden berühren. Denken Sie daran, während dieser Bewegung das Gebiet Ihres Magens zu straffen.

Nun vollzieht sich derselbe Ablauf auf der rechten Seite: Sie lassen sich mit Ihrem ganzen Körpergewicht auf den rechten Fuß sinken, drehen dabei den Oberkörper

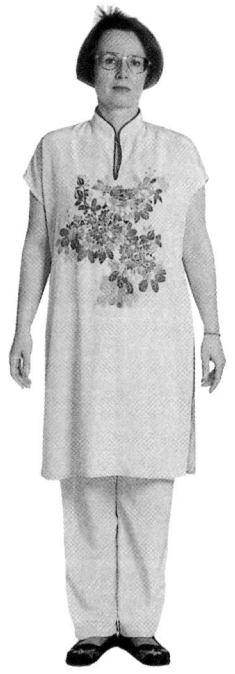

Von vorne

46

halbkreisförmig stark nach rechts und beschreiben mit dem rechten Arm ein liegendes Oval, das über das linke Knie hinausgeht. Die linke Ferse wird dabei vom Boden abgehoben.

Jede Seite wird abwechselnd achtmal beübt.

Zusätzliche Informationen

Aufgrund meines ersten Buches über Hui Chun Gong bekam ich viele Briefe von Lesern, die meinten, daß bei der Wiedergabe der Fotos zur Übung »Schulterkreisen« ein Fehler unterlaufen sei, und die Bewegungen seitenverkehrt dargestellt worden wären. Nun, dem ist nicht so. Um jeden Irrtum auszuschließen, wird die Übung »Schulterkreisen« in den folgenden Fotos von hinten dargestellt.

Für viele Menschen ist es einfacher, Bewegungen zu erlernen, wenn sie – wie es in China üblich ist – hinter dem Lehrer stehen.

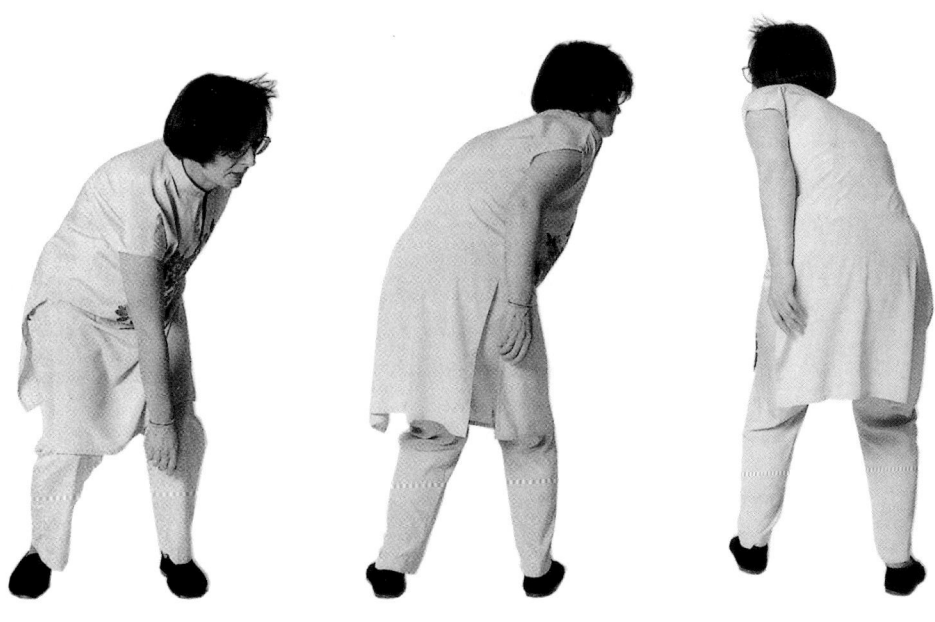

Von hinten

Falsche Armstellung (geknickt)

Die Übung wird viel dynamischer ausgeführt als bei Hui Chun Gong I. Beugen Sie die Knie tiefer und lassen Sie die ganze Bewegung raumgreifender werden.

Einige Schwierigkeiten bereitet erfahrungsgemäß die korrekte Bewegung der Arme. Nur ganz wenige westliche Menschen scheinen in der Lage zu sein, sie spontan vom Schultergelenk bis zu den Fingerspitzen entspannen zu können. Am besten gelingt das, wenn Sie sich vorstellen, daß Sie eine Krücke oder einen Stock unter die Achselhöhle geschoben haben.

Lineal quer unter der Achsel

Machen Sie folgenden Versuch: Halten Sie sich ein Lineal mit der anderen Hand unter die Achsel und schieben Sie damit das Schultergelenk nach oben. Sie werden merken, daß dabei der gesamte Arm beinahe schlaff nach unten hängt. Genau das ist die korrekte Haltung beim Kreisen der Schulter.

Diese Übung hat sehr viel mit der Erweckung von Kraft zu tun. Mit dem fest auf dem Boden stehenden Bein und den beiden Händen zieht man ganz bewußt die Kraft aus dem Erdreich heraus. Sie bilden gleichsam die festen, tief in die Erde hineinreichenden Wurzeln eines Baumes. Jeder Baum ist nur so stark, wie es seine Wurzeln sind. Die runische Entsprechung ist die Rune *Yr* (⅄), auch sie dient dazu, die Erdkräfte in den Körper hineinzuleiten, um ihn so stabil und handlungsfähig zu machen. Gleichzeitig stellt sie den starkverwurzelten »Baum« im Menschen dar, der eine echte spirituelle Arbeit erst möglich macht.

上元功

4. Vitalenergie*

Vorbereitung

Stehen Sie aufrecht, die Füße stehen nebeneinander, die Arme hängen locker an den Seiten herab.

Sammeln Sie alle Körperenergien ein und lassen Sie sie im kleinen Becken zusammenfließen. Konzentrieren Sie sich auf dieses Gebiet. Lächeln Sie und nehmen Sie wahr, daß Sie von goldener Energie übergossen sind.

Zwischenübung

---

* (Diese Übung ist bei Schwangerschaft nicht geeignet.)

Übung

Stellen Sie die Füße parallel und im Abstand Ihrer Schulterbreite auf den Boden auf. Formen Sie mit beiden Händen einen großen Ball. Beide Handflächen sind einander zugewandt, die linke Hand ist dabei unten.

Sinken Sie mit Ihrem ganzen Körpergewicht in das rechte Bein hinein. Machen Sie aus dieser Position mit dem linken Fuß einen großen Schritt nach links. Der Fuß steht jetzt genau im rechten Winkel zu seinem vorherigen Stand in der Ausgangsstellung. Verlagern Sie nun das Körpergewicht nach links und belasten Sie das linke Bein zu zwei Dritteln damit. Der rechte Fuß dreht sich dabei um die Ferse, bis er einen 45°-Winkel einnimmt.

Fußstellung I

Wenn Sie einen sicheren Stand gefunden haben, folgen die Arme dieser Bewegung. Die bei der Ballhaltung untere linke Hand bewegt sich aus dem Ellenbogengelenk heraus in einem Halbkreis nach links. Die obere rechte Hand behält ihre Höhe bei und kommt etwas unterhalb des linken Schultergelenks zur Ruhe. Beide Handflächen sind dem Körper zugewandt, d. h., Sie können in Ihren linken Handteller hineinsehen.

Blicken Sie aufmerksam in das *Lao-Gong*-Zentrum in der Mitte Ihrer linken Hand und beleben Sie es mit Ihrem Blick: Die Energie folgt auch hier der Aufmerksamkeit. Als nächstes schließen Sie flink die Finger der linken Hand zu einer lockeren Faust. Beginnen Sie damit zuerst mit dem kleinen Finger und rollen Sie der Reihe nach die anderen Finger ein. Als letztes legen Sie den Daumen über die Faust.

Drehen Sie dann den linken Unterarm um das Ellenbogengelenk nach vorn und öffnen Sie dabei die Faust, so daß die offene Handfläche nun vom Körper weg weist. Die rechte Hand bleibt während der ganzen Zeit unverändert in der Nähe des linken Schultergelenks. Der Magen wird leicht gestrafft. Versuchen Sie auch in den Waden- und Armmuskeln eine innere Dehnung zu spüren.

Von diesem äußeren Punkt an beginnt sich die Übung langsam zuerst zur Mitte und dann auf die gegengleiche Seite hin zu verlagern. Bleiben Sie unverändert in der Position stehen, in der das linke Bein zu zwei Dritteln belastet ist. Lassen Sie als erstes die rechte Hand nach unten sinken, bis sie sich etwa auf der Höhe des Nabels befindet, die Handfläche sieht dabei nach oben. Die linke Hand dreht sich im Ellenbogengelenk nach rechts und kommt in Brusthöhe zur Ruhe, die Handfläche zeigt dabei nach unten.

Was hier so kompliziert und genau beschrieben wird, kann auch einfacher formuliert werden: Sie kehren zur Handhaltung der Ausgangsposition zurück und halten wieder einen großen imaginären Ball in Ihren Händen. Das einzige, was sich dabei geändert hat, ist, daß jetzt die rechte Hand zuunterst ist.

Wenn Sie Ihren Ball fest in Händen »halten«, sinken Sie noch tiefer in das linke Bein und zwar so weit, daß Sie es vollständig belasten. Heben Sie nun den rechten Fuß mit der Ferse vom Boden und bewegen Sie Ihr rechtes Knie so nach links innen, daß die Innenseite des linken Knies gestreift wird.

Streifen des Knies

Dann drehen Sie den Fuß um die Zehen nach rechts und versuchen, ihn im rechten Winkel auf die rechte Seite zu stellen. Ab jetzt können Sie die Bewegung genau gegengleich ausführen. Diese Übung ist eine der wenigen, bei denen abwechselnd die linke Seite, dann die rechte, wieder die linke usw. an der Reihe ist. Jede Seite wird achtmal beübt.

Zusätzliche Informationen

Bei dieser Übung gerät man anfangs, und wenn man nicht aufmerksam ist, leicht aus dem Gleichgewicht. Dabei ist es wichtig, sie eine Zeitlang langsam auszuführen und die Gewichtsverlagerungen gleichsam auszukosten. Das tatsächliche Tempo, in dem die Übung »Vitalenergie« in der neuen Variante dann ausgeführt wird, ist jedoch ziemlich flott. Es lohnt sich also, zuvor einige Zeit auf das Erlernen der Balance verwendet zu haben.

Meister Ong betonte immer wieder, wie wichtig es sei, auf eine korrekte Fuß- und Beinstellung zu achten. Ich hatte beobachtet, daß er selbst die Füße nicht immer im gleichen Winkel aufsetzte und bat ihn daher, mir die richtige Position doch zu erklären. Zu meinem Erstaunen erzählte er mir, daß beide der unten aufgezeigten Fußstellungen korrekt seien.

2 Fußstellungen

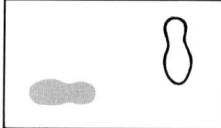 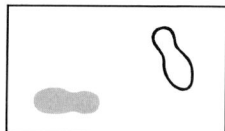

Was eine Fußstellung korrekt machte, war die Stellung der Hüfte. Je nachdem, wie sie stand, wurde die Position als richtig oder falsch bewertet. Die Zeichnung gibt ein deutliches Bild der richtigen Haltung bei der Übung.

a) (Füße rechtwinkl. – Hüfte schräg) richtig
b) (Füße rechtwinkl. – Hüfte rechtwinkl.) falsch

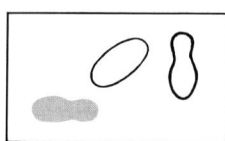 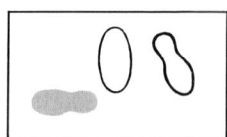

Eine natürliche Stellung ist wichtig. Wenn die Füße eine rechtwinklige Position haben, darf der Oberkörper nicht ebenfalls im rechten Winkel verzerrt werden. Er sollte der natürlichen Bewegung folgen und nur leicht schräg gestellt sein.

c) (Füße schräg – Hüfte rechtwinkl.) richtig
d) (Füße schräg – Hüfte schräg) falsch

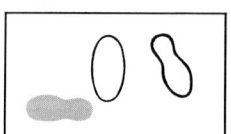 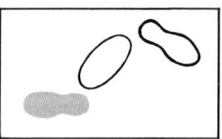

Welche der beiden Fußstellungen Sie auch wählen, achten Sie darauf, daß die Bewegung der Hüfte entsprechend gewählt ist.

Es ist demnach gleichgültig, ob Sie nun aufgrund Ihrer augenblicklichen oder gegebenen körperlichen Möglichkeiten den weitausgreifenden Zwischenschritt bei der Übung Vitalenergie auch ausführen können oder nicht. Treten Sie einfach so weit aus, wie es Ihr Körper ohne Anstrengung oder gar Schmerz gestattet, und richten Sie dann die Hüfte in die korrekte Position ein.

Meister Ong erzählte mir, daß er diese Übung einigen seiner Angestellten, die an einer eingeschränkten Beweglichkeit der Finger litten, erklärt habe. Der Erfolg hätte sich nach einigen Wochen eingestellt.

Sie können die Wirkung auf die Hand und das Herz-Kreislauf-Zentrum im Handteller noch verstärken, wenn Sie mit großer Aufmerksamkeit in Ihre Handfläche sehen. Schon nach einigen Malen werden Sie feststellen, daß Sie die durch die Energie des Blicks geförderte Wärme, selbst ohne die Übung zu machen, nur mit Hilfe eines visuellen Impulses auslösen können: Sie spüren, wie sich Wärme in der Handfläche ausbreitet und langsam an der Innenseite des Unterarms emporkriecht.

Eine zusätzliche, verstärkte Anregung des Herz-Kreislauf-Zentrums erreichen Sie, wenn Sie beim Bilden der Faust Ihre vier gekrümmten Finger einmal kräftig in den Handteller drücken.

Die Übung ist bei Schwangerschaft und starker Menstruation verboten. Ursache für dieses Verbot ist die Stimulation der Meridiane, die in der Knieinnenseite verlaufen. Das Reiben dieser Zonen verstärkt den Periodenfluß und bringt sogar die Gefahr eines Abgangs mit sich. Wenn die Menstruation dagegen auf sich warten läßt, weil sie sich verspätet hat, so können Sie sie mit einem verstärkten Reiben der Knieinnenseiten provozieren.

Wenn Sie die Übung auch in der Schwangerschaft nicht missen wollen, dann wählen Sie die zweite Variante, bei der die Knieinnenseite nicht gerieben werden. Sie hält besonders die Fußgelenke beweglich und kann ohne jede Einschränkung ausgeführt werden.

Variation

Beim Übergang von der einen auf die andere Seite werden die Knie nicht, wie zuvor beschrieben, aneinander gerieben. Sie stehen in folgender Position: Der linke Fuß weist im rechten Winkel nach links, der rechte Fuß steht etwa im 45°-Winkel daneben. Verlagern Sie nun Ihr gesamtes Gewicht auf das linke Bein, und lassen Sie Ihr ganzes Gewicht nach links sinken. Drehen Sie dann den rechten Fuß einmal in einem kleinen Kreis um das Fußgelenk und setzen Sie ihn dann in einem rechten Winkel nach rechts.

Ohne Kniereiben

鵬

翔

功

5. Der Vogel Rock fliegt

Vorbereitung

Stehen Sie aufrecht mit zusammengestellten Beinen, die Arme hängen locker an den Seiten herab. Die Knie sind leicht gelockert. Sammeln Sie alle Körperenergien ein und lassen Sie sie im kleinen Becken zusammenfließen. Halten Sie die Sammlung auf diesen Punkt. Lächeln Sie und nehmen Sie den kosmischen Regen wahr, der Sie besprüht.

Zwischenübung

Übung

Die Übung ist im Vergleich zu Hui Chun Gong I stark verändert.

Stellen Sie die Füße im Abstand Ihrer Schulterbreite auf den Boden. Heben Sie langsam beide Arme so lange, bis Sie einen großen, imaginären Ball vor Bauch und Brust halten. Die Handflächen sind einander zugewandt und die linke Hand ist unten.

Belasten Sie dann das rechte Bein und sinken Sie mit Ihrem ganzen Körpergewicht hinein. Wenn der linke Fuß frei ist, setzen Sie ihn im rechten Winkel einen großen Schritt nach links. Verlagern Sie dann Ihr Körpergewicht so, daß der linke Fuß zu zwei Dritteln belastet ist. Der rechte Fuß dreht sich dabei um die Ferse und nimmt einen 45°-Winkel ein. Während der Gewichtsverlagerung gleitet die linke Hand nach oben und die rechte nach unten. Beide Hände halten immer noch einen imaginären Ball, sein Volumen hat sich jedoch von dem des ursprünglichen Wasserballs in der Ausgangsposition verkleinert und ist zur Größe eines Fußballs geschrumpft.

Die Hände wandern in dieser Stellung vor dem Oberkörper auf die linke Körperseite und kommen seitlich in der Höhe des Kopfes zur Ruhe. Wenden Sie nun Ihren Kopf nach rechts und sehen Sie über Ihre freie Schulter hinweg in die Ferne. Wenn Sie in dieser Endposition angelangt sind, straffen Sie zusätzlich Ihren Oberbauch und Magen und dehnen Sie dieses Gebiet so stark wie möglich. Das rechte Bein wird ganz durchgestreckt.

Verlagern Sie nun das Gewicht langsam auf das rechte Bein. Drehen Sie dann zuerst den linken Fuß um die Ferse nach innen, so daß er einen 45°-Winkel einnimmt. Beide Füße sind jetzt in folgender Stellung:

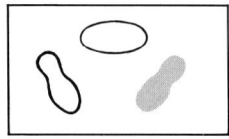

Verlagern Sie dann Ihr Gewicht wieder so weit auf das linke Bein, daß Sie auch den rechten Fuß um die Ferse drehen können. Er zeigt jetzt im rechten Winkel nach rechts.

Verlagern Sie langsam Ihr Gewicht auf den rechten Fuß. Die Hände wandern dabei von links nach rechts und hören nicht auf, einen imaginären Ball in Fußballgröße zu halten. Wenn beide Hände in der Körpermitte angelangt sind, wechseln sie ihre Position: Die rechte Hand hält nun den Ball von oben und die linke stützt ihn von unten. Beide Handflächen sind einander zugewandt.

Wenn sich Ihr ganzes Körpergewicht nach rechts verlagert hat, halten Sie den Ball an der rechten Körperseite in Kopfhöhe. Dehnen und straffen Sie Oberbauch und Magen. Drehen Sie den Kopf und blicken Sie über die linke Schulter in die Ferne. Spüren Sie die Dehnung in den Waden und Armen.

Jede Körperseite wird achtmal beübt.

Auch diese Übungssequenz wird zum besseren Verständnis in ihrem ganzen Ablauf von hinten dargestellt, um die Nachahmung zu erleichtern.

Zusätzliche Informationen

Diese Übung wird fließend und gleichzeitig kraftvoll ausgeführt. Kraftvoll bedeutet jedoch nicht, daß Sie sich dabei anstrengen sollen.

Versuchen Sie die Vorstellung, daß Sie einen Ball in Händen haben, während der ganzen Übung beizubehalten. Wenn Sie das tun, werden nämlich Ihre Hände ganz von selbst eine lockere, leicht konkave Handstellung einnehmen. Diese Handhaltung ermöglicht Ihnen, die Energie im *Lao-Gong*-Zentrum besonders intensiv wahrzunehmen. Wenn Sie einmal kalte oder steife Hände haben, dann halten Sie einen imaginären Fußball in Händen und drehen ihn so, daß abwechselnd die rechte und dann wieder die linke Hand oben oder unten ist. Sie werden bald spüren, daß sich innerhalb des Balls ein intensives Kraftfeld aufbaut, das die Hände wärmt und belebt.

Wenn Sie die äußerste rechte oder linke Position erreicht haben, strecken Sie Arme und Rumpf soweit wie möglich zur Seite. Trotz dieser inneren Dehnung bleiben die Arme gebeugt und werden nicht ganz gerade ausgestreckt. Es erfordert einige Übung, diese Dehnung nur innerlich zu spüren.

Meister Ong erklärte mir, daß der Blick über die Schulter in die weite Ferne gerichtet sein sollte.

»Wer über die Schulter blickt, läßt Vergangenes hinter sich«, sagte er und wurde nicht müde, mich so lange zu korrigieren, bis ich wirklich weit genug wegsah. Im

Von vorne

64

Von hinten

65

Freien ist es leichter möglich, »in die Ferne« zu sehen, als in einem Wohnzimmer oder Übungsraum. Wenn die Wände rein weiß gestrichen sind, können Sie Ihre Augen so weit schulen, daß sie sich gleichsam »ausklinken« und durch die Wände hindurch in die Ferne sehen. Aquarelle, die eine Landschaft mit Tiefenperspektive zeigen und an zwei gegenüberliegenden Wänden aufgehängt werden, sind ebenfalls hilfreich, wenn Sie sich durch Zimmerwände gestört fühlen sollten.

Im allgemeinen empfehle ich nur Sympathikotonikern, bei dieser Übung den Händen mit den Augen zu folgen, denn Menschen, die hauptsächlich vom sympathischen Nervensystem regiert werden, neigen weniger zu Schwindel. Probieren Sie selbst, ob es Ihnen guttut, die Hände während der ganzen Übung zu betrachten. Sie werden schnell erfahren, ob Sie darauf mit Spannung, Schwindel oder Unwohlsein reagieren. Wer an Reisekrankheit leidet oder nicht Karussell fahren kann, sollte von Anfang an die Bewegung der Hände unbeachtet und die Augen nur mit der natürlichen Kopfbewegung wandern lassen.

Das Wichtigste ist, daß Sie sich bei der Übung wohl fühlen. Wenn die oben genannten Störungen auftreten, blicken Sie einfach nur geradeaus.

呼
吸
功

6. Pumpen des Yin

Vorbereitung

Stehen Sie aufrecht mit geschlossenen Beinen da. Die Füße berühren sich an den Fersen, die Spitzen sind etwa in einem 45°-Winkel auseinandergestellt. Sehen Sie lächelnd geradeaus und lassen Sie alle Körperenergien im *Xia-Dan*-Punkt zusammenfließen. Stellen Sie sich dabei vor, daß Sie strahlend jung und gesund sind und spüren Sie den kosmischen Regen, der Sie benetzt.

Zwischenübung

Übung

Legen Sie beide Hände seitlich an die Taille. Die Daumen zeigen dabei nach hinten, die Finger sind geschlossen und nicht gespreizt. Spüren Sie den leichten Druck Ihrer Hände. Lassen Sie sich zuerst mit lockeren Knien nach unten sinken, stoßen Sie sich dann in einer Aufwärtsbewegung vom Boden ab und strecken Sie den ganzen Körper so weit aus wie möglich. Die Fersen werden dabei vom Boden abgehoben.

Dehnen und straffen Sie Oberbauch und Magen.

Wiederholen Sie die Übung achtmal.

Zusätzliche Informationen

Der Körper dehnt sich maximal, das Gewicht wird nur von den Zehen und den Ballen getragen.

Ihr körperliches Gleichgewicht muß stark ausgeprägt sein, damit Sie diese Dehnung richtig ausführen können. Wenn Sie aus der Balance geraten, werden Sie zittern und stolpern. Versuchen Sie die Dehnung vor allem innerlich zu spüren, und zwar vor allem im Oberbauchgebiet, im Gesäß und in den Unterschenkeln.

Die Übung entspricht ebenfalls der *Is*-(|)-Rune und stellt die Verbindung zwischen der oberen und der unteren Welt dar.

壮腎功

7. Stärkung der Niere

Vorbereitung

Stehen Sie mit geschlossenen Beinen da; die Füße berühren sich auf ihrer ganzen Länge an der Innenseite, und die Hände hängen locker an den Körperseiten herab. Sammeln Sie alle Körperenergien ein und lassen Sie sie in den *Xia Dan* hinabgleiten. Lächeln Sie und stellen Sie sich vor, daß Sie strahlend jung und gesund sind.

Zwischenübung

Übung

Bilden Sie mit dem Mittelfinger und dem Daumen jeder Hand einen Kreis. Legen Sie dann die mittleren Glieder beider Mittelfinger aufeinander und plazieren Sie die Hände in dieser Haltung in Höhe der Taille auf den Rücken.

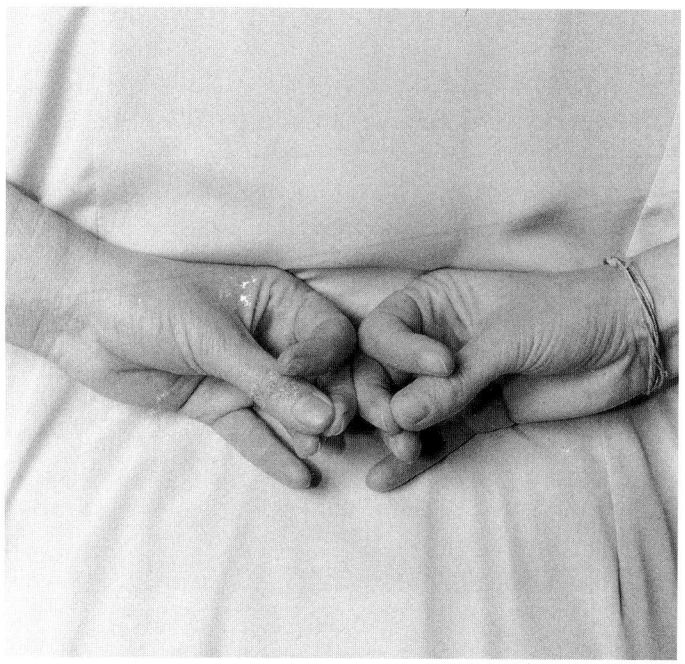

Hände groß

Sinken Sie nun tief in Ihre lockeren Knie hinein und versuchen Sie dabei, so tief wie möglich nach unten zu kommen. Drehen Sie die Hüfte zuerst nach rechts und blicken Sie dabei über die linke Schulter zurück. Drehen Sie sich dann nach links und blicken Sie über die rechte Schulter zurück. Denken Sie daran, Magen und Oberbauch während der Übung zu dehnen.

Beüben Sie jede Seite achtmal.

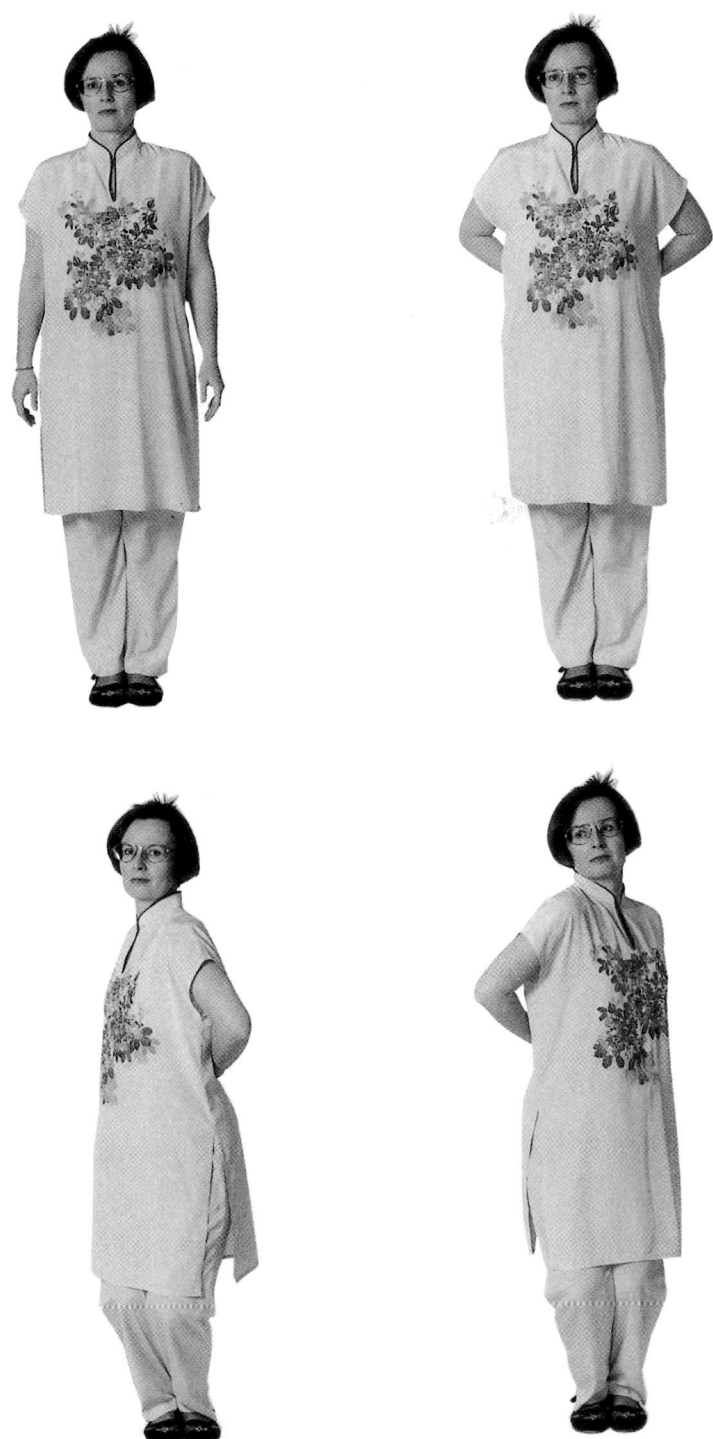

Zusätzliche Informationen

Die Hände befinden sich im Gebiet des *Ming-Men*-Punktes und der *Shen-Yu*-Punkte in Taillenhöhe auf dem Rücken. Achten Sie darauf, daß sie flächendeckend aufliegen und nicht nur mit den Handkanten den Rücken berühren. Wenn Sie sich vorstellen, daß Sie Ihren Rücken wärmen wollen, kommen sie wie von selbst in die richtige Position.

Bei dieser Übung ist es von besonderer Bedeutung, daß Sie sich mit völlig geradem Oberkörper langsam und tief herabsinken lassen. Vermeiden Sie, wie es nur allzuleicht geschehen kann, sich dabei nach vorne zu lehnen. Meister Ong wies mich täglich darauf hin, daß auf diese Art und Weise eine sehr angeregte Beeinflussung der Nierenessenz zustande käme.

Die Nieren und Nebennieren gelten in der chinesischen Medizin (neben den Sexualdrüsen) als Sitz der Lebenskraft. Sie werden mit dem Ausdruck *Shen* bezeichnet, der gleichzeitig noch einen anderen, schwer zu übersetzenden Sinn hat. Der Ausdruck *Shen* umschreibt etwas, das ich hier »Gesamtessenz« nennen möchte, denn er bezieht sich auf das gesamte körperliche und seelische Fluidum, das ein Lebewesen ausstrahlt. Um mir *Shen* zu erklären, gab mir Meister Ong folgendes Beispiel:

»Stellen Sie sich ein Pferd vor, das ein glänzendes, starkes Fell hat. Seine Augen strahlen unternehmungslustig, es bewegt sich freudig hin und her und vibriert vor Lebenskraft. Dieses Pferd hat ein gutes *Shen*, und was Sie an ihm sehen, ist das Shen des Pferdes. Sie würden es vielleicht den Geist oder die Idee des vollkommenen Pferdes nennen. *Shen* ist die perfekte Essenz, die sich nach außen mitteilt. Jetzt sehen Sie sich bitte hier auf dem Platz um und sagen mir, ob Sie einen Menschen sehen, der echtes Shen nach außen ausstrahlt? – Sehen Sie jemanden, der eine strahlende Haut hat, jemanden mit glänzenden Haaren und Augen? Sie sehen jetzt, wie es mit dem Shen der Menschen steht!«

In Singapur gibt es genausowenig Menschen, die gesundes, vitales Shen ausstrahlen, wie im Westen. Durch diesen Hinweis von Meister Ong schärfte sich mein Blick und gelegentlich, wenn ich in der Münchner U-Bahn oder an irgendeinem anderen Platz der Welt sitze, nehme ich die Gelegenheit wahr, das *Shen* der Personen um mich herum zu analysieren.

Das Muster der Übung »Stärkung der Niere« entspricht im Runensystem dem Hammer des *Thor* (þ). Dieser Hammer klopft so lange mit Macht an die Stellen, die unser Schicksal und unsere Gesundheit behindern, bis sie rissig werden und abbröckeln.

8. Das Herz beleben

Vorbereitung

Stehen Sie aufrecht und mit geschlossenen Beinen. Die Füße berühren sich an Ihrer gesamten Innenseite. Die Hände hängen locker herab. Sammeln Sie alle Körperenergien ein und lassen Sie sie im *Xia Dan* zusammenfließen. Lächeln Sie und fühlen Sie den kosmischen Regen von reiner Energie, der Sie besprüht.

Zwischenübung

Übung

Heben Sie die Hände und falten Sie sie vor Ihrer Brust. Die Unterarme sollten in einer parallelen Linie zum Boden verlaufen. Sinken Sie in die Knie und schieben Sie die gefalteten Hände mit dem linken Ellenbogen nach links. Gleichzeitig bewegt sich die Hüfte gegengleich nach rechts. Drehen Sie den Kopf und sehen Sie über die rechte Schulter in die Ferne. Achten Sie darauf, das Oberbauch- und Magengebiet und die Innenseiten der Oberarme innerlich zu dehnen.

Führen Sie die Bewegung achtmal auf jede Seite aus.

Zusätzliche Informationen

Diese so einfach auszuführende Übung hat ihre Tücken, die allerdings nicht in ihr selbst, sondern in unserer westlichen Auffassung von Sport liegen. Wie überall im Hui Chun Gong wird auch diese Übung sanft und gleitend durchgeführt. Ellenbogen und Hüfte bewegen sich abwechselnd einmal nach rechts und einmal nach links. Wenn Sie in der Mitte sind, halten Sie kurz inne, bevor Sie die Übung in die entgegengesetzte Richtung machen.

Der Sinn von »Das Herz beleben« ist es, eine sanfte Massage der Wirbel im mittleren Brustgebiet zu erreichen. Viele meiner Schüler bestätigten mir, daß die Übung diese angenehme und lockernde Wirkung auf ihre Wirbelsäule hatte. Es gab aber einige, die verkrampft und nach Art des Bodybuilding übten. Sie glaubten, die Übung sei um so wirksamer, je unangenehmer sie sich anfühlte, je mehr isometrische Kraftanstrengung sie hineingaben und je weiter sie mit den Ellenbogen zur Seite zielen konnten. Der Effekt war das genaue Gegenteil ihres ursprünglichen Sinns: Anstatt das Gebiet der Brustwirbelsäule zu stabilisieren, verschoben sich die Wirbel schmerzhaft. Einigen brachten daraufhin erst Akupunktur und Chirotherapie Linderung. Eine sanfte Übungsweise ist daher hier besonders angesagt.

Die Knie bleiben während der gesamten Übung immer locker und in gleicher Höhe oder Tiefe, d. h., Sie dürfen sie nicht durchstrecken und damit auch nicht größer werden, wenn Sie wieder zur Mitte kommen, nachdem Sie eine Seite beübt haben. Versuchen Sie immer die gleiche Höhe zu halten, ohne nach oben zu wippen.

Auch diese Übung entspricht der Runenhaltung der Rune *Thuriaz* (þ), die den Hammer des Thor versinnbildlicht.

龙

游

功

9. Drachenschwimmen

Vorbereitung

Stehen Sie aufrecht mit geschlossenen Beinen. Die Füße berühren sich an ihrer gesamten Innenseite. Die Arme hängen locker herab. Lassen Sie alle Körperenergien im kleinen Becken zusammenfließen und lächeln Sie. Nehmen Sie den goldenen kosmischen Regen wahr, der Ihren ganzen Körper benetzt.

Zwischenübung

Übung

Falten Sie die Hände in Brusthöhe, so daß die Unterarme eine parallele Linie zum Boden bilden. Heben Sie die gefalteten Hände und klappen Sie sie nach links um; die Hände befinden sich nun in einer Linie mit der linken Schulter und die rechte Hand liegt obenauf. Ziehen Sie von links nach rechts einen großen vertikalen Kreis um Ihren Kopf herum, so lange, bis die Hände an der rechten Schulter angelangt sind und mit dieser eine parallele Linie bilden, die linke Hand liegt nun obenauf. Ziehen Sie jetzt die Hände in dieser Stellung in Höhe des Halses wieder nach links, die linke Hand bleibt zuoberst.

Der erste Kreis ist hiermit geschlossen.

Jetzt wird der zweite Kreis angeschnitten. Die gefalteten Hände werden senkrecht gehalten und erst in der Mitte des Unterbauchs in die Waagrechte gekippt. Die rechte Hand liegt obenauf. Ziehen Sie die Hände in dieser Stellung in Höhe des Unterbauchs nach rechts. Sie haben jetzt den mittleren Kreis zur Hälfte nachgezeichnet und sind im Diagramm der Kreise an dieser Stelle angelangt.

Der dritte Kreis wird vollständig gebildet. Ihre Hände befinden sich nun rechts; kippen Sie sie so, daß sie senkrecht stehen und formen Sie die erste Hälfte des dritten Kreises, indem Sie eine gebogene Linie von der Seite bis zu den Knien ziehen.

Jetzt sind Sie im unteren Zenit des Diagramms angelangt. Die Hände ruhen genau in der Körpermitte zwischen den Knien, die linke Hand liegt obenauf und die Hüfte ist nach der linken Seite hin verschoben. Vom nun folgenden Umschlagpunkt an windet sich die Bewegung wieder nach oben.

84

Kippen Sie die Hände an Ort und Stelle so (sie liegen auf den Knien), daß die rechte Hand obenauf liegt, gleichzeitig verschieben Sie Hüfte und Gesäß nach rechts.

Formen Sie nun die zweite Hälfte des untersten Kreises, bis Sie wieder in Höhe des Unterbauchs angelangt sind. Die Hände werden beim Nachziehen der äußeren Seite des Kreises für kurze Zeit senkrecht gehalten. Bei der Bildung der Querlinie, die den untersten Kreis abschließt, liegen sie wieder waagrecht. Die linke Hand ist dabei zuoberst, und die Hände werden nach rechts gezogen.

Der unterste Kreis ist nun vollkommen geschlossen.

Jetzt geht es noch darum, den mittleren Kreis vollständig auszuführen und ihn nach oben abzuschließen. Die Hände befinden sich an der rechten Körperseite. Um den seitlichen Kreisumfang nachzuzeichnen, werden sie wieder so lange senkrecht gehalten, bis sie in Schulterhöhe angelangt sind. In Höhe des rechten Schultergelenks werden sie in die Waagrechte gekippt, die rechte Hand liegt obenauf. Ziehen Sie in dieser Haltung eine Querbewegung zur linken Schulter hin.

Auch der mittlere Kreis ist nun vollständig geschlossen. Sie befinden sich nun wieder in der Ausgangsposition und können nahtlos den obersten Kreis anschließen.

Weichen Sie während der gesamten Übung mit Hüfte, Taille und Gesäß immer deutlich in die gegengleiche Richtung der Hände aus.

Wenn Sie die Übung abschließen wollen, heben Sie die gefalteten Hände aus dieser Position über den Scheitel und ziehen Sie sie vor dem Körper herunter, bis sie sich wieder in Brusthöhe befinden. Atmen Sie dabei lautlos auf Oooo aus, wenn Sie die Wirkung verstärken möchten.

Die Übung wird achtmal in dieser Art und Weise durchgeführt.

Übung von vorne

86

Übung von hinten

88

Zusätzliche Informationen

Auch hier sollten Sie darauf achten, daß Oberbauch und Magen während der Übung sanft gedehnt werden.

Die Bewegung wird insgesamt raumgreifender und deutlicher ausgeführt als im Hui Chun Gong I. Hüfte, Taille und Gesäß weichen stark auf die Gegenseite aus, daß daß die schlängelnde Bewegung des Drachens noch ausgeprägter wird. Es lohnt sich, dieser kräftigeren Übungsart zu folgen, die Wirkung ist ungleich stärker, und nach spätestens drei Wochen sind selbst langandauernde Rückenschmerzen verschwunden.

Die Übung wird nur in dieser Abfolge ausgeführt. Es bleibt Ihnen also erspart, die ganze Prozedur auch seitenverkehrt lernen zu müssen. Ich selbst kam allerdings in Singapur kurzzeitig in die Lage, so vorgehen zu müssen. Aus unerfindlichen Gründen führte Meister Ong bei meinem letzten Besuch »Drachenschwimmen« seitenverkehrt aus. Die Höflichkeit dem Lehrer gegenüber gebietet es, ihm jeweils bei der Ausführung der Übung zu folgen, also begann auch ich mit »Drachenschwimmen« nun an der rechten Schulter. Und Sie können sich sicher denken, daß ich mehr als einmal aus der Bahn geworfen wurde.

Hier zeigt sich ein deutlicher Unterschied in der östlichen und westlichen Art und Weise, mit einem Lehrer umzugehen. Im Osten erfolgt aus großem Respekt vor ihm kein Protest auf eine veränderte Vorgabe des Meisters. Die Schüler gehen davon aus, daß er schon weiß, weshalb er jetzt eine Bewegung anders macht, wohingegen bei derselben Situation im Westen die ganze Gruppe empört reagieren würde.

Ich habe im ersten Band schon auf die Verbindung dieser Übung mit schamanischem Denken hingewiesen. Der Drache als weltweit geltendes Sinnbild der befeuchtenden kosmischen Kraft des Himmels umrundet bei dieser Übung die drei Welten der Schamanen. Die Mittelachse ist der sogenannte Schamanenbaum, der alle drei Welten zusammenhält. Der Drache zieht dabei die Kraft der oberen Welt durch die mittlere und untere Welt, wodurch auch sie vom kosmischen Funken berührt und durchflutet werden. Da diese schamanischen Welten nicht nur eigenständige »Orte«, sondern auch Zeitzonen sind, wobei die obere Welt die Zukunft, die mittlere die Gegenwart und die untere die Vergangenheit beinhaltet, ist noch nicht abzusehen, welches tatsächliche Potential in dieser Übung steckt.

Hier haben wir es mit einem verborgenen und wichtigen Prinzip des Hui Chun Gong zu tun. Alle Übungen sind darauf ausgerichtet, kosmische Energien in alle drei Körperbereiche des Menschen hineinzuziehen. Diese drei Gebiete des Körpers werden in der chinesischen Medizin die drei Erwärmer genannt. Der obere

Erwärmer umfaßt den Kopfbereich, der mittlere die Brust bis hin zum Nabel, und der untere bezieht sich auf das Gebiet unterhalb des Nabels. Das Symbol der dreimal um eine Achse gewundenen Schlange (Drache) finden wir auch im sogenannten Caduceus, der dem ägyptischen Gott Thoth zugeordnet ist. Auch hier geht es um eine harmonische Beziehung aller drei »Welten« zueinander, ohne die es keine vollkommene Gesundheit gibt. Leider ist es uns nur selten möglich, diese Balance über eine längere Zeit hinweg aufrechtzuerhalten. Durch wechselnde Lebensumstände, falsche Ernährung und aufwühlende oder unausgedrückte Emotionen bringen wir dieses Gleichgewicht ins Wanken und geraten aus dem Lot. Das ist auch der Grund, weshalb die chinesische Philosophie und Medizin immer wieder als Hauptprinzip das harmonische Gleichgewicht betont. Um nichts anderes geht es bei der Lehre von Yin und Yang, die sich von der Malerei bis zur Ernährung in allen Angelegenheiten des menschlichen Lebens widerspiegelt.

»Drachenschwimmen« ähnelt unter anderem der Rune *Sowilo* (ᛋ), die Lebenskraft, Sieg und Sonne symbolisiert.

天

环

功

10. Himmelskreise

Vorbereitung

Stehen Sie aufrecht. Hände und Arme hängen locker an den Körperseiten herab. Sammeln Sie alle Körperenergien ein und lassen Sie sie im *Xia Dian* zusammenfließen. Lächeln Sie und spüren Sie den kosmischen goldenen Regen von Energie, der Sie benetzt.

Zwischenübung

Übung

Die Füße werden im Abstand Ihrer Schulterbreite parallel auf den Boden gestellt.

Drehen Sie die rechte Hüfte halbkreisförmig nach rechts. Der linke Fuß dreht sich dabei gleichzeitig im rechten Winkel um die Ferse nach links, so daß etwa zwei Drittel des Körpergewichts auf dem rechten Bein ruhen.

Verlagern Sie nun das Gewicht auf das linke Bein nach vorne. Während dieser Bewegung wandern beide Arme ebenfalls nach links: der rechte Arm macht einen halbkreisförmigen Bogen über den Kopf, der linke Arm wird einfach nur gerade zur Seite ausgestreckt. Beide Handflächen sind einander zugewandt.

Führen Sie jetzt beide ausgestreckten Arme über den Kopf nach rechts und fahren Sie damit einen unsichtbaren, großen Kreis nach, der vertikal vor Ihrem Körper gedacht ist. Während dieser Kreisbewegung der ausgestreckten Arme verlagert sich das Körpergewicht zurück nach rechts und kommt schließlich auf dem rechten Bein (dem »Hinterbein«) zur Ruhe. Die Hände sind in dieser Position ganz nach rechts ausgestreckt. Lassen Sie sie nun nach unten sinken, um den Kreisbogen vollständig zu machen. Während Sie die untere Hälfte des Kreises nachfahren, verlagern Sie das Gewicht wieder von rechts nach links. Die Handflächen sind während der gesamten Übung einander zugewandt. Denken Sie daran, Ihren Oberbauch und Magen stark zu dehnen, auch die Arme weisen eine innere Streckung auf.

Ziehen Sie acht Kreise im Uhrzeigersinn.

94

Jetzt wird die Gegenseite beübt. Wenn Sie am Zenit des achten Kreises angelangt sind, d. h., wenn sich die ausgestreckten Arme über dem Kopf befinden, sinken die Arme vor dem Körper herunter und hängen locker an der Seite herab. Gleichzeitig drehen Sie den linken Fuß um die Ferse nach rechts, so daß beide Füße wieder parallel wie in der Ausgangsposition stehen. Die Bewegung wird nun auf der rechten Seite gegengleich ausgeführt. Die großen Kreise verlaufen jetzt gegen den Uhrzeigersinn.

Ziehen Sie acht Kreise gegen den Uhrzeigersinn.

Zusätzliche Informationen

Anders als bei Hui Chun Gong I wird hier der Körper ganz gestreckt: Die Arme sind so weit wie möglich ausgestreckt, ebenfalls Magen und Oberbauch. Die Streckung ist zwar auch äußerlich zu sehen, ihr wesentlicher Anteil vollzieht sich jedoch innerlich.

Diese Übung ist wie kaum eine andere geeignet, um bei der Behandlung von allen Herz-Lungen-Erkrankungen und Herz-Kreislauf-Erkrankungen, bei Bronchitis, Asthma usw. eingesetzt zu werden. Aus der chinesischen Medizinliteratur sind mir verschiedene Kasuistiken bekannt, in denen die Wirkungen dieser Übungen ausführlich dokumentiert sind. Da diese Schilderungen für uns Westler teilweise rührend naiv klingen und an dramatische Berichte aus der Boulevardpresse erinnern, möchte ich darauf verzichten, sie wörtlich wiederzugeben. Mehrere Patienten mit schweren, zum Teil angeborenen Herzfehlern erfuhren eine geradezu unglaubliche Verbesserung ihres Befindens. In einem Fall wird geschildert, daß der Patient nur noch mit größter Anstrengung treppensteigen oder bergaufwärts gehen konnte. Nach nur vierwöchiger Übung fand er sich selbst in Peking einem Bus nachjagend. Erst als er aufgesprungen war und ruhig im Bus stand, realisierte er schockartig, was geschehen war.

Es liegt mir fern, den Eindruck zu erwecken, daß z. B. organische Herzfehler durch Hui Chun Gong ausgeheilt und zum Verschwinden gebracht werden könnten. Der Defekt am Organ bleibt mit Sicherheit weiterhin bestehen! Was aber verbessert werden kann, ist die gesamte Ökonomie des Herzens wie Stoffwechsel, Herzschlag, Minutenvolumen, Sauerstoffversorgung usw., und dies führt zu so unglaublichen Ergebnissen wie im obigen Bericht.

»Himmelskreise« entspricht den Runenhaltungen von *Gebo* (ᚷ), die für Austausch und Großzügigkeit steht und *Fehu* (ᚠ), die Wohlstand und Macht bedeutet.

96

地环不功

11. Erdenkreise

Vorbereitung

Stehen Sie mit geschlossenen Beinen. Die Arme hängen seitlich locker herab. Sammeln Sie alle Energien inner- und außerhalb des Körpers ein und lassen Sie sie im *Xia Dan Tien* zusammenfließen. Lächeln Sie und nehmen Sie sich Zeit, den kosmischen Energieregen wahrzunehmen, der Sie besprüht.

Zwischenübung

Übung

Verlagern Sie das Körpergewicht nach rechts und drehen Sie dabei den linken Fuß um die Ferse, bis er in einem rechten Winkel steht. Gleichzeitig bewegen Sie beide Arme nach links. Die Arme befinden sich nun in Schulterhöhe, die linke Handfläche sieht nach oben und die rechte nach unten. Verlagern Sie dabei Ihr Gewicht auf das vordere linke Bein.

Jetzt ziehen Sie Ihren Körper langsam so lange zurück, bis das Gewicht auf dem rechten, hinteren Bein ruht. Die Arme bleiben währenddessen an der linken Körperseite ausgestreckt. Erst wenn das ganze Körpergewicht auf das hintere Bein verlagert wurde, beginnen die Hände einen horizontalen Halbkreis vor dem Körper zu ziehen. Wenn Sie mit den Armen vor Ihrer Brust angelangt sind, drehen Sie die Handflächen um: Die linke Handfläche sieht jetzt nach unten und die rechte nach oben.

Führen Sie die ausgestreckten Arme in dieser Stellung ganz an die rechte Körperseite. Das ganze Körpergewicht ruht auf dem hinteren, rechten Bein! Wenn Sie ganz rechts angelangt sind, werden die Hände wiederum gedreht: Die linke Handfläche sieht jetzt nach oben und die rechte nach unten. Jetzt wird das Gewicht wieder vom hinteren auf das vordere, linke Bein verlagert, die ausgestreckten Hände folgen dieser Bewegung, indem sie einen horizontalen Halbkreis nachfahren. Sie befinden sich nun wieder in der Ausgangsposition, die Sie zu Beginn der Übung innehatten:

Das Körpergewicht liegt vorne auf dem linken Bein, die Arme sind an der linken Seite waagerecht ausgestreckt, die linke Handfläche sieht nach oben und die rechte nach unten. Die Bewegung führen Sie achtmal in der beschriebenen Weise aus, dann wechseln Sie auf die andere Seite hinüber.

Das geschieht auf folgende Weise: Wenn Sie beim achten Mal mit den ausgestreckten Armen an der rechten Körperseite angelangt sind (das Gewicht ist hinten rechts), ziehen Sie die Hände bis zur Ihrer Brust und lassen sie dann sinken, so daß sie locker an den Seiten herabhängen. Jetzt können Sie Ihr Gewicht nach links verlagern, den rechten Fuß im rechten Winkel um die Ferse drehen und die Übung seitenverkehrt ausführen.

Denken Sie daran, Arme, Oberbauch und Magen zu dehnen! Führen Sie die Bewegung achtmal nach links aus und anschließend achtmal nach rechts.

Zusätzliche Informationen

Mit dieser neuen Variation der Erdenkreise hat Meister Ong eine ganz einmalige Methode weitergegeben, die er mit Recht nur Fortgeschrittenen vermittelt. Erst nach einiger Zeit der Übung ist der Organismus fähig, über die sogenannten fünf Öffnungen Energie aufzunehmen. Die fünf Öffnungen sind das Gesicht, beide Handflächen und beide Fußsohlen. Mit Hilfe der neuen Erdenkreise können Sie nach längerer Übungszeit diese Zentren sensibilisieren und tatsächlich die Energie spüren, die durch sie in den Körper eindringt.

Wenn Sie sich schwach und energielos fühlen, dann machen Sie einige Minuten lang die Übung der Erdenkreise, und zwar so langsam wie möglich. Sie werden bemerken, wie kraftvoll die Ströme sind, die vor allem über die Hände und Füße in Sie eindringen und Sie durchfluten. In diesem speziellen Fall können Sie die Übung viel öfter als die üblichen achtmal ausführen. Ein Wort der Warnung sei noch hinzugefügt: Falls Sie zu den glücklichen Menschen gehören, die vor Energie nur so strotzen, dann halten Sie sich daran, die Übung vorschriftsmäßig nur achtmal auszuführen. Wenn Sie das nicht tun, können Überregbarkeit, Unruhe, erhöhte Temperatur und Schlaflosigkeit die Folge sein, und zwar besonders dann, wenn Sie an Plätzen mit starker Vibration im Freien üben.

Der Körper kann nur so viel Energie aufnehmen, wie er auch zu verarbeiten imstande ist, andernfalls brennt, salopp gesagt, »eine Sicherung durch«. Nur durch sanftes und stetiges Üben kommt er in die Lage, diese Energie zu speichern, die dann bei Bedarf zur Verfügung steht und wieder abgerufen werden kann. Beim Hui Chun Gong brauchen die notwendigen Entwicklungsschritte den ihnen zustehenden Raum und dürfen nicht übersprungen werden. Ein Zen-Meister erzählte mir dazu folgendes Gleichnis:

»Nehmen Sie eine Leiter, deren Sprossen schnell und schlampig gezimmert wurden. Sie klettern vielleicht flink hinauf, doch dann zerbricht eine Sprosse und Sie fallen hinunter ins Gras. Jetzt müssen Sie noch einmal ganz von vorne anfangen. Es ist viel besser, wenn Sie Sprosse für Sprosse mit viel Geduld so anfertigen, daß Ihr Gewicht getragen wird. Dann erklimmen Sie die Leiter zwar langsamer, aber Sie können mit Gewißheit zur obersten Stufe gelangen und dort auch sicher stehen.«

»Erdenkreisen« entspricht der Haltung der Rune *Hagalaz* (ᚻ), die das Gleichgewicht der Kräfte und die Urschöpfung ebenso wie den Samen in der Erde versinnbildlicht.

蟾游功

12. Froschschwimmen

Vorbereitung

Stehen Sie aufrecht mit geschlossenen Beinen. Die Füße berühren sich an ihrer gesamten Innenseite. Die Knie sind gelockert, die Hände hängen locker an den Körperseiten herab. Sammeln Sie alle Energien inner- und außerhalb Ihres Körpers ein und lassen Sie sie im unteren *Dan Tien* zusammenfließen. Spüren Sie den kosmischen Regen der Energie, der sich über Sie ergießt. Lächeln Sie und stellen Sie sich vor, voller Jugend und Frische zu sein.

Zwischenübung

Übung

Heben Sie beide Hände langsam, bis sie in Brusthöhe angelangt sind. Die Hände sind etwa 15–20 cm voneinander entfernt. Achten Sie darauf, daß die Ellenbogen nicht angespannt sind, sondern locker nach unten weisen.

Sinken Sie nun so tief wie möglich in die Knie und machen Sie gleichzeitig mit den Armen eine ausholende Schwimmbewegung. Beide Hände bilden dabei vor der Brust zwei waagerechte Kreise, die Sie von innen nach außen nachzeichnen. Die rechte Hand beschreibt dabei einen Kreis im Uhrzeigersinn.

Die Fußsohlen bleiben während der ganzen Übung fest auf dem Boden aufgesetzt. Zehen oder Fersen heben sich nicht vom Boden ab! Vergessen Sie nicht die innere Dehnung des Oberbauchs und Magens.

Führen Sie die Übung achtmal in dieser Weise aus.

Anschließend nehmen Sie wieder die Ausgangsstellung ein: Beide Hände befinden sich waagerecht vor der Brust, der Abstand beträgt etwa 20 cm. Sinken Sie so tief wie möglich in die Knie und beginnen Sie mit einer Schwimmbewegung der Arme, die jetzt aber in entgegengesetzter Richtung verläuft. Die Kreisbewegung der Hände geht nun von außen nach innen. Die rechte Hand beschreibt dabei einen waagerechten Kreis gegen den Uhrzeigersinn.

Führen Sie die Übung achtmal aus.

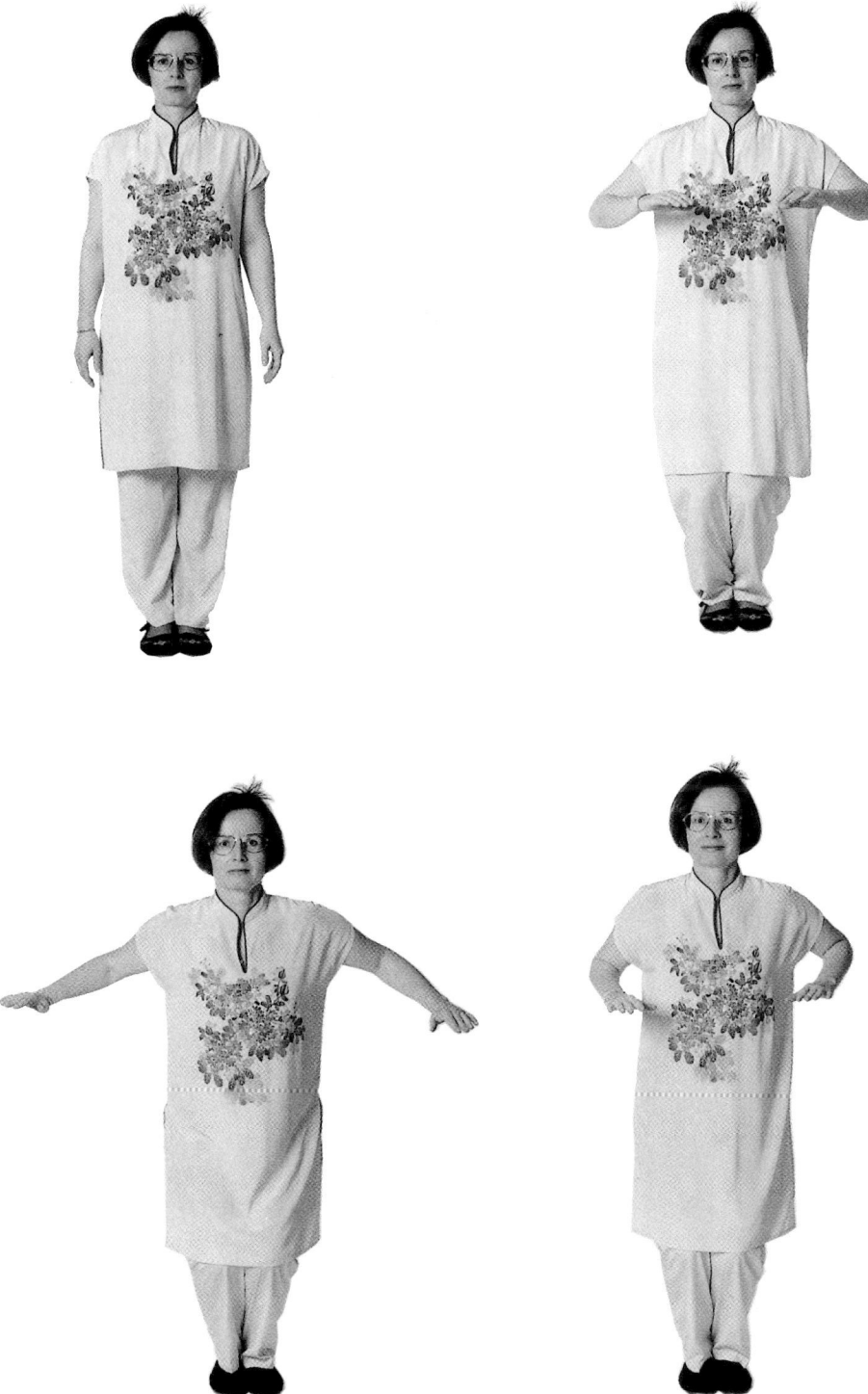

凤凰展翅功

13. *Der Phönix breitet seine Flügel aus*

Vorbereitung

Stehen Sie aufrecht, die Füße stehen nebeneinander. Die Knie sind gelockert und beide Hände hängen locker an den Körperseiten herab. Sammeln Sie alle Energie innerhalb und außerhalb des Körpers ein und lassen Sie sie im *Xia Dan Tien* zusammenfließen. Nehmen Sie den kosmischen Regen der Energie wahr, der sich über Sie ergießt. Lächeln Sie und sehen Sie sich selbst voller Jugend und Frische.

Zwischenübung

Übung

Stellen Sie die Füße parallel und im Abstand Ihrer Schulterbreite auf den Boden. Heben Sie beide Hände, bis Sie vor dem Körper einen imaginären Ball halten. Die linke Hand ist dabei unten. Verlagern Sie Ihr Gewicht auf die rechte Seite und drehen Sie den linken Fuß um die Ferse, so daß er einen 90°-Winkel einnimmt. Achten Sie darauf, daß sich der rechte Fuß anschließend in einem 45°-Winkel dreht, damit Sie bequem stehen können.

Verlagern Sie Ihr Gewicht wieder auf das hintere, rechte Bein, die Hände halten immer noch den imaginären Ball. Verschieben Sie nun das Gewicht nach vorne auf das linke Bein, Arme und Hände wandern mit: Die linke Hand wird seitlich nach vorne ausgestreckt, die Handfläche zeigt dabei nach oben. Die rechte Hand sinkt herab und hängt am rechten Oberschenkel hinunter, die Handfläche zeigt dabei nach vorne.

Lassen Sie das Gewicht noch immer auf dem linken, vorderen Bein ruhen. Betrachten Sie aufmerksam Ihren linken Handteller, der sich vor Ihren Augen befindet. Wenn Sie eine Wärmeempfindung verspüren, drehen Sie den Unterarm um den Ellbogen, so daß die Handinnenfläche nun nach vorne zeigt. Gleichzeitig dreht sich auch die Handfläche der rechten, herabhängenden Hand und zeigt nach hinten.

Heben Sie nun langsam den rückwärtigen, rechten Arm, und zwar so lange, bis Sie in den Handteller Ihrer rechten Hand sehen können. Das Körpergewicht bleibt dabei vorne.

Verlagern Sie jetzt das Körpergewicht wieder auf das rechte (hintere) Bein und lassen Sie auch die Arme in die ursprüngliche Ballhaltung zurückgleiten.

Dehnen Sie Oberbauch und Magen und die Arme so weit wie möglich.

Üben Sie achtmal auf dieser Seite.

111

Wenn Sie die rechte Seite beüben wollen, bleiben Sie mit dem Körpergewicht auf dem hinteren Bein stehen, so als ob Sie die Übung ein neuntes Mal ausführen wollten. Die Hände halten wieder einen imaginären, großen Ball, die rechte Hand befindet sich jedoch unten.

Drehen Sie den linken Fuß um die Ferse nach innen, so daß er einen 45°-Winkel bildet. Der rechte Fuß dreht sich um die Ferse in einem 90°-Winkel nach rechts. Jetzt können Sie die rechte Hand ausstrecken und die Bewegung gegengleich ausführen.

Übergang

Weitere Informationen

Der »Phönix« ist eine der schönsten Übungen aus dem Hui Chun Gong. Ihre beruhigende und ausgleichende Wirkung hat schon viele Menschen überzeugt.

Die Übung ist noch wirkungsvoller, wenn Sie zusätzlich einen Schritt in die jeweilige Richtung machen, also zunächst nach links, um Ihre Schrittbreite während der Übung zu vergrößern. Auf diese Art und Weise ist die Spannung der Muskulatur deutlicher zu spüren.

Achten Sie darauf, daß Ihr Kopf gerade bleibt und biegen Sie den Hals nicht, um in die untere Hand hineinsehen zu können. Richtiger ist es, wenn Sie den Handteller so weit nach oben heben, daß Sie, ohne den Kopf zu senken, hineinblicken können.

In dieser neuen Form wird vor allem auf eine deutliche Dehnung des Körpers geachtet. Arme und Hände sind so weit wie möglich ausgestreckt. Die Hände werden nicht mehr wie eine Schale geformt, sondern sie sind bis in die Fingerspitzen hinein gestrafft. Versuchen Sie die Dehnung, die quer durch den Oberkörper verläuft, möglichst intensiv zu spüren. Die sich kreuzenden Energien bilden ein großes X, das sich deutlich erspüren und wahrnehmen läßt.

Die Übung ist auch für werdende Mütter geeignet, besonders in der Zeit nach dem vierten Schwangerschaftsmonat. Im Gegensatz zu vielen anderen Qi-Gong-Übungen und dem Tai Chi, das von meinen chinesischen Lehrern nur bis zum vierten Schwangerschaftsmonat gestattet wird, kreuzen sich bei der »Phönix«-Übung die Energien der verschiedenen Körperseiten nur im Brustbereich. Der Unterbauch bleibt davon unberührt, so daß das Baby nicht durch diese Ausstrahlungen beeinträchtigt wird.

Im Westen neigen wir allgemein dazu, auch während der Schwangerschaft mit unseren Bewegungsübungen fortzufahren. Das Image der sportlichen werdenden Mutter trägt zu dieser Haltung bei. Gerade bei den langsamen Bewegungen des Qi Gong und des Tai Chi ist es vielen Müttern schwer verständlich zu machen, daß sie, sobald das Raumvolumen des Kindes zugenommen hat, auch mit diesen Übungen aufhören sollten. Während dieser Qi-Gong-Arten kreist die Energie nämlich hauptsächlich im Unterbauch, und sie kann dem Kind zwar nicht ernsthaft schaden, aber es doch stören und aufregen.

Mir ist bekannt, daß einige Tai-Chi-Lehrerinnen bis unmittelbar vor der Entbindung unterrichteten, übten und sich dabei wohl fühlten; der klassischen chinesischen Lehre entspricht dies jedoch nicht.

Der Phönix vereinigt die Muster der Not- oder *Naudhiz*-Rune (ᚾ) und der Rune *Ehwaz* (ᛖ). *Naudhiz* führt aus Not und Schicksalszwängen hinaus, und *Ehwaz* steht für die Zusammenarbeit von Körper und Geist, für Treue und Frieden.

三星高照

14. Drei hohe Sterne

Vorbereitung

Beide Beine stehen mit zusammengestellten Füßen auf dem Boden. Die Hände hängen locker an den Körperseiten herab. Sammeln Sie alle Energien innen- und außerhalb Ihres Körpers ein und lassen Sie sie im unteren *Dan Tien* zusammenfließen. Lächeln Sie und stellen Sie sich vor, voller Jugend und Frische zu sein. Nehmen Sie sich Zeit, den kosmischen Regen der Energie wahrzunehmen, der auf Sie herabfällt.

Zwischenübung

Übung

Heben Sie die ausgestreckten Arme langsam vor dem Körper nach oben. Die Handflächen weisen dabei nach unten. Wenn die Hände über dem Kopf angelangt sind, ziehen Sie beide Ellenbogen so nach außen, daß sich die Unterarme und Handflächen nach oben drehen. Die Handflächen sehen jetzt nach oben.

Heben Sie nun die Fersen und strecken Sie sich so weit wie möglich nach oben. Bei der Aufwärtsbewegung der Hände atmen Sie ein; während die Hände den »Himmel stemmen«, atmen Sie weiter und weiter ein und halten schließlich den Atem an. Senken Sie dann langsam mit der Ausatmung die Arme, auch die Fersen kommen wieder auf den Boden zurück.

Üben Sie dreimal.

Abschlußübung

Beugen Sie sich mit durchgestreckten Knien nach unten. Die Hände treffen sich in Kniehöhe und werden zusammengelegt. Ziehen Sie die gefalteten Hände vor der Körpermitte hoch bis über den Scheitel und heben Sie dabei die Fersen. Führen Sie die Hände auf dem gleichen Weg zurück und lassen Sie sie dann an den Körperseiten herabhängen.

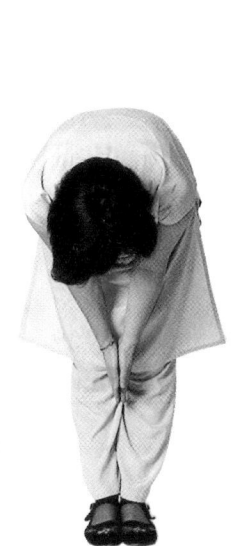

Weitere Informationen

Diese Übung folgt wieder dem Muster der *Is*-Rune (|) und dient dazu, die Energien des Himmels und der Erde in sich aufzunehmen. Sie bringt die vorangegangenen Bewegungen zum Abschluß und kanalisiert die Energie. Gleichzeitig steht sie für die Runen *Laguz* (↑) und *Ingwaz* (◇), die Einweihung und Geduld symbolisieren.

Die »drei hohen Sterne« sind eine Abkürzung, die der chinesischen Spracheigenart zuzuschreiben ist. Da das Chinesische keine Buchstaben-, sondern eine Zeichenschrift hat, kürzt man gerne die umständlichen Ausdrücke ab. Uns ist das von dem Begriff »Viererbande« her bekannt, in dem zwei Schriftzeichen anstelle von vielen verwendet werden. Der Generalissimus Tschiangkaischek wurde der Kürze halber nur Da Cheng, der große Cheng, genannt. Ebenso geht es den »drei hohen Sternen«. Ohne dieses Kürzel müßten wir von Glück in der Familie und vielen Söhnen, materiellem Wohlstand und dem Geschenk des langen Lebens sprechen. Glück, Wohlstand und langes Leben sind die hohen Sterne, die bei dieser Übung angesprochen werden: Der Hui-Chun-Gong-Übende ist so vital, daß er viele Söhne zeugen kann, er ist so kräftig, daß er materiellen Reichtum erwerben kann und so gesund, daß ein langes Leben auf ihn wartet.

Die »drei hohen Sterne« Glück, Wohlstand und langes Leben sind die Geschenke der Hui-Chun-Gong-Übungen und nicht tatsächliche Planeten im Weltall, wie manche Leser vermuteten. Angeregt durch die Imaginationsübungen des Tao Yoga, in denen der Polarstern visualisiert wird, versuchten sie sich darin, auch beim Hui Chun Gong diese Sterne am Firmament zu sehen und fanden sie auch! Der menschlichen Vorstellungskraft sind keine Grenzen gesetzt.

15. *Der Adler schärft seine Krallen**

Vorbereitung

Die Übung schließt sich unmittelbar an die dritte Bewegung der vorhergehenden an, aber nur dann, wenn Sie nach dem Hui Chun Gong eine daoistische Gesichtsmassage ausführen möchten. Es geht vor allem darum, daß die Handflächen gerieben und mit heißem Qi gefüllt werden. Dieses überträgt sich während der Massage auf die Gesichtshaut und verschönert sie.

Zwischenübung

* (Diese Übung ist bei Schwangerschaft nicht geeignet.)

Übung

Wenn Sie die Hände zum letzten Mal über den Kopf gehoben haben, um den »Himmel zu stemmen«, drehen Sie die Ellenbogen vor dem Gesicht nach innen. Falten Sie die Hände, ziehen Sie sie in der Körpermitte herab und stecken Sie sie gefaltet zwischen die Knie.

Heben Sie abwechselnd beide Fersen, wobei die linke Ferse mit der Bewegung beginnt. Dadurch werden beide Handteller aneinander warm gerieben. Achten Sie darauf, daß sich nur die Handinnenflächen aneinander reiben und die Finger nicht über die Handgelenke hinausrutschen.

Jede Ferse wird achtmal gehoben.

Wenn die Hände warm gerieben sind, können Sie sie kurz auf Gesicht und Augen legen, so wie es die meisten Chinesen tun. Anschließend können Sie die elf zusätzlichen Übungen, die ich in meinem ersten Buch über Hui Chung Gong geschildert habe, ausführen. Diese Übungen beziehen sich auf Kopf und Gesicht, sie

verbessern den Teint und stärken die Augen und die Konzentrationskraft. Sie sind nicht nur eine große Hilfe bei Haut- oder Schönheitsproblemen, sondern stellen eine wirksame Hilfe für alle dar, die viel lernen oder studieren müssen. Wenn sie am Abend ausgeführt werden, können Sie so wach werden, daß an Schlaf nicht mehr zu denken ist.

Ich selbst lege der Einfachheit halber meine heiß geriebenen Hände auf mein Brustbein. Im dortigen roten Knochenmark wird das Hämoglobin gebildet, das unter anderem für einen frischen, rosigen Tein sorgt. Wer sich jedoch eher beruhigen möchte, der soll die Hände anschließend auf beide Ohren legen. Da unsere Ohren aus allen drei Keimblättern gebildet sind und alle Organe und Systeme im menschlichen Ohr abgebildet sind, tun Sie sich etwas Gutes, wenn Sie die Ohren mit zusätzlicher Energie versorgen.

Wenn Sie Ihre Energien noch stärker harmonisieren möchten, dann führen Sie jetzt ein letztes Mal die Abschlußübung aus, die den ganzen Zyklus beendet.

Die unsichtbare Übung

Diese Übung kann im Liegen, Sitzen und Stehen ausgeführt werden. Sie spielt sich nur im Inneren des Körpers ab und ist von außen nicht wahrnehmbar. Daher ist es möglich, sie auch unbemerkt von den anderen in der Öffentlichkeit zu üben. Sie können Ihre Zeit nutzen und diese wirkungsvolle Übung auch praktizieren, wenn Sie Wartezeiten ausfüllen möchten. Damit meine ich jedoch nicht, daß die Übung als Lückenbüßer hervorgezogen wird, wenn es Ihnen gerade langweilig ist oder weil Sie keine zusätzliche Zeit dafür opfern möchten! Ein ganz anderer Aspekt wird hier angesprochen: Bauen Sie die Übung so in Ihren Alltag ein, daß sie zu einem Bestandteil Ihres Lebens wird!

Das Innere Hui Chun Gong ist vor allem für Menschen gedacht, die zu alt, schwach oder krank sind, um die Hui-Chun-Gong-Übungen im Stehen auszuführen. Die Übung versorgt den Körper schnell mit Kraft und sie kann zu jeder Tageszeit und ohne Beschränkung ausgeübt werden. Das bedeutet, daß Sie – in vernünftigen Grenzen natürlich – so oft am Tag üben können, wie Sie möchten.

Vorbereitung

Stellen Sie sich aufrecht hin; die Beine berühren sich an den Innenseiten, die Füße an den Fersen, und die Fußspitzen weisen in einem 45°-Winkel auseinander. Die Arme hängen locker an den Körperseiten herab. Sehen Sie geradeaus, nehmen Sie den kosmischen Regen wahr, der Sie benetzt und lächeln Sie.

Zwischenübung

Wenn es Ihnen nicht möglich ist, die Vorübung im Stehen auszuführen, können Sie sie sinngemäß auch im Sitzen oder im Liegen durchführen. Es genügt, wenn Sie die Übung ein einziges Mal machen. Entscheidend ist hier die Innigkeit Ihrer inneren Einstellung und nicht die Häufigkeit der Ausführung. Ebenso ist es sinnvoll, das innere Hui Chun Gong mit der Abschlußübung zu beenden, denn der Körper wird dadurch sowohl vorbereitet, die kosmische Energie aufzunehmen, als auch diese Energie in sich zu behalten. Es ist so, als würde der Körper abschließend gleichsam abgedichtet, so daß diese wunderbare Kraft durch kein Energie-»Leck« mehr abfließen kann.

Zwischenübung und Abschlußübung sind natürlich nur möglich, wenn Sie alleine oder in einer Gruppe üben. In der U-Bahn würde es sicher ein komisches Bild abgeben, wenn Sie Ihre Hände wie zum Sonnengruß erheben. In diesem Falle lassen Sie die Vor- und Nachübung einfach weg und beschränken sich auf das innere Hui Chun Gong. Abschließend legen Sie die Hände unauffällig auf den Nabel, um die Energie dort zu sammeln.

I. Zyklus

Setzen Sie sich auf einen Stuhl und legen Sie die Hände auf Ihre Knie. Lehnen Sie sich nicht an, sondern halten Sie den Rücken gestreckt und machen Sie ein leichtes Hohlkreuz! Die Knie sind auseinander gestellt, und die Zehen sind eng zusammengelegt, so als ob sie sich in den Boden eingraben wollten. Heben Sie die Fersen leicht an. Sie werden eine gewisse Spannung spüren, die in dieser Haltung steckt. Da der Rücken gestrafft ist, kann die Bauch- und Magenmuskulatur locker hängen.

Vorderansicht

Seitliche Ansicht

Bevor Sie mit dem Üben beginnen, sollten Sie Hüfte und Oberbauch in dieser Position ein wenig schütteln, um lockerer zu werden.

Konzentrieren Sie sich auf Ihren Unterbauch und beginnen Sie vom mittleren *Dan-Tien*-Punkt aus, der drei Fingerbreit unter dem Nabel liegt, konzentrische Kreise zu ziehen, deren Mittelpunkt der Nabel ist. Ziehen Sie acht Kreise im Uhrzeigersinn. Die Kreise sollten klein sein und einen Durchmesser von höchstens sechs bis sieben cm haben! Sie verlaufen auf der Oberfläche des Körpers.

Wenn Sie acht Kreise gezogen haben, machen Sie eine Pause, während der Sie durch die Nase einatmen und durch Mund und Nase wieder ausatmen. Atmen Sie dreimal auf diese Weise ein und aus. Beim Einatmen wölbt sich der Bauch nach vorne, beim Ausatmen entspannen Sie den Bauch ganz allmählich und langsam. Achten Sie darauf, daß Sie nur auf der Stuhlkante sitzen und keinen Buckel machen.

Konzentrieren Sie sich auf Ihren Unterbauch und vollziehen Sie nun acht Kreise gegen den Uhrzeigersinn. Anschließend wieder dreimal ein- und ausatmen, wie oben beschrieben.

Das ist der erste Zyklus des inneren Hui Chun Gong.

II. Zyklus

Bei dieser Sequenz konzentrieren Sie sich wieder auf den *Dan Tien* und bilden acht vertikale Kreise, die wie eine senkrechte Scheibe im Uhrzeigersinn verlaufen. Beginnen Sie unterhalb des Nabels und ziehen Sie die Kreise zuerst nach innen in Richtung der Wirbelsäule.

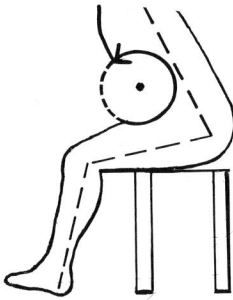

Legen Sie nach acht Kreisen eine Pause ein und schalten Sie die entspannende, tiefe Atmung dreimal dazwischen.

Jetzt konzentrieren Sie sich wieder auf den *Dan Tien* und lassen acht vertikale Kreise in derselben Ebene, jedoch gegen den Uhrzeigersinn verlaufen. Beginnen Sie damit unter dem Nabel, und ziehen Sie die Kreise in die entgegengesetzte Richtung. Abschließend führen Sie die dreimalige Tiefenatmung durch. Beide Kreise verlaufen teilweise außerhalb des Körpers.

Das ist der zweite Zyklus des inneren Hui Chun Gong.

III. Zyklus

Konzentrieren Sie sich wieder auf den Unterbauch und ziehen Sie vom *Dan Tien* aus acht Kreise, die wie eine waagerechte Scheibe von vorne nach hinten verlaufen. Beginnen Sie links vom Nabel, und ziehen Sie die Kreise im Uhrzeigersinn zuerst außerhalb des Körpers und dann in den Körper hinein, bis hin zur Wirbelsäule. Legen Sie dann eine Pause ein und atmen Sie dreimal durch die Nase ein und durch Nase und Mund wieder aus. Achten Sie darauf, daß Ihr Bauch dabei locker und entspannt hängt.

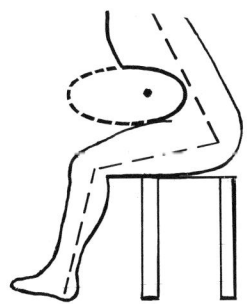

Anschließend ziehen Sie acht Kreise in entgegengesetzter Richtung und gegen den Uhrzeigersinn. Beginnen Sie rechts vom Nabel, und ziehen Sie die Kreise zuerst in den Körper hinein. Legen Sie dann eine Pause ein und atmen Sie dreimal durch die Nase ein und durch Mund und Nase aus. Achten Sie darauf, daß der Bauch während der Ausatmung entspannt ist. Ein Teil der Kreise verläuft auch bei dieser Übung außerhalb des Körpers, wie die Abbildung zeigt.

Sammeln Sie zum Abschluß die Energie im Nabel und versiegeln Sie dieses Gebiet mental oder besser noch dadurch, daß Sie die Hände eine Zeitlang auf den Nabel legen.

Das ist der dritte und letzte Zyklus des inneren Hui Chun Gong.

Zusätzliche Informationen

Achten Sie anfangs auf eine korrekte Sitzhaltung. Sie sollten nur auf der Stuhlkante sitzen. Die Hände sind auf die Knie gestützt, der Rücken ist gerade und straff, so daß sich bei dieser Haltung die Brust nach vorne wölbt und ein leichtes Hohlkreuz entsteht. Wenn Sie mit der Übung vertraut sind, können Sie sie beinahe in jeder Haltung und Lage ausführen. Da es aber gar nicht so leicht ist, die Bauchmuskulatur auf diese Weise zu bewegen, empfehle ich ihnen, zu Beginn in der beschriebenen Weise zu sitzen.

Führen Sie die Kreise um den Nabel mit einer tatsächlichen Muskelbewegung aus, und lassen Sie Ihre Bauchmuskeln spürbar um den Nabel kreisen. Es geht hier nicht darum, daß die Bewegung nur imaginär oder meditativ vollzogen wird! Anfangs können Sie sogar erheblichen Muskelkater vom inneren Hui Chun Gong bekommen. Durch das Kreisen der Bauchmuskulatur werden Stoffwechselschlacken und andere pathogene Ablagerungen im Nabelbereich gelöst.

Aus diesem Grund ist es bei dieser Übung besonders wichtig, den zwischengeschalteten dreimaligen Atemzyklus aufmerksam durchzuführen, damit die gelösten Giftstoffe auch durch den Atem ausgeschieden werden können: Atmen Sie sehr tief, sehr langsam und so sanft und entspannt, wie Sie nur können. Die Atemzüge sollten außerdem gleichmäßig und ausgeglichen sein. Mit jedem dieser Atemzüge scheiden Sie gelöste Krankheitsstoffe oder, wie die chinesischen traditionellen Mediziner sagen würden, »pathogenes Qi« über den Atem oder die Haut aus.

Das innere Hui Chun Gong hat Ähnlichkeiten mit dem Öffnen der Windtore, einer thailändisch-chinesischen Praktik. Diese Technik ist in einer Theorie begründet, nach der kreisförmig um den Nabel herum acht Punkte liegen, die als »Windtore«, auf chinesisch *Fong Men*, bezeichnet werden. Es gibt das nördliche, östliche, südliche, westliche Windtor und die Zwischenhimmelsrichtungen, genau wie beim Kompaß. Nach dieser Vorstellung, auf der eine Massagetechnik begründet ist, die Meister Mantak Chia von dem thailändischen Arzt Dr. Yimwattana erlernte und später veröffentlichte, lagern sich um den Nabel herum Stoffwechselschlacken ab. Diese Ablagerungen können als Knötchen oder Verhärtungen gespürt werden. Bei der thailändischen Massage werden die acht Windtore so sanft und tief gepreßt, bis der darunterliegende Puls zu spüren ist. Der Puls wird eine bestimmte Anzahl von Schlägen unterdrücken, die sich nach der Lokalisation des betreffenden Windtors und dem Wochentag, an dem die Behandlung erfolgt, richtet.

Durch diese Technik können die sogenannten »gefangenen Winde« befreit werden. Dem interessierten Leser empfehle ich die ausgezeichnete erste (englische) Auflage von CHI NEI TSANG von Mantak Chia, in der er diese Methode recht eindrucksvoll schildert. (Vermeiden Sie die neue, verbesserte Auflage, die leider mit unerträglichen, überkommenen New-Age-Energieübungen und einem Sammelsurium der verschiedensten westlichen und östlichen Therapie- und Meditationsmethoden angereichert wurde und dabei viel von ihrem ursprünglichen Sinn verloren hat.)

In der chinesischen Medizin hat der Ausdruck »Wind« nichts mit Flatulenzen oder Blähungen zu tun, wie bei uns im Westen! Wind bezeichnet hier einfach eine Störung oder Krankheit. So spricht man in China in der traditionellen Medizinsprache nicht etwa von einer Leberentzündung oder einem Magengeschwür, sondern von einem schädlichen Leberwind, der sich im betreffenden Organ festgesetzt hat. Diesen Wind gilt es mit den verschiedensten Methoden aus dem Körper zu vertreiben.

Was uns aber in Hinsicht auf das innere Hui Chun Gong besonders interessiert, ist die Lösung der Giftstoffe im Körper. Sie werden bei dieser Übung über den Atem und die Haut ausgeschieden. Um einen größeren Überblick über die dabei entstehende Ausscheidung von pathogenem Qi zu haben, leitete ich einmal während eines Seminars etwa vierzig Menschen an, diese Übung durchzuführen. Die Wirkungen des inneren Hui Chun Gong waren erstaunlich.

Einige Menschen bekamen sofort, noch während des ersten Zyklus ein heißes, strahlendes Gesicht, andere eilten nach den ersten Kreisbewegungen hastig zur Toilette. Vor allem trat ziemlich bald die von mir erwartete Ausscheidung der verschiedensten Gerüche ein, die meist von einer unangenehmen Sorte waren. Am auffallendsten war ein starker Geruch nach Ozongas, der von einer Dame ausging und auch von den anderen Seminarteilnehmern deutlich wahrgenommen wurde. Die Dame hatte sich drei Wochen lang einer Kur unterzogen, zu der die Anwendung von täglichen Ozonbädern gehörte. Als das im Gewebe gespeicherte Gas durch das innere Hui Chun Gong gelöst war, fühlte sie sich befreit und etwas erschöpft. Andere Teilnehmer waren im gleichen Jahr operiert worden, und offensichtlich wurden bei ihnen durch die innere Übung Restbestandteile der Anästhestika ausgeschieden. Denn um sie bildete sich eine narkotische Wolke, die nicht nur sie selbst, sondern auch ihre unmittelbaren Nachbarn überaus schläfrig machte.

Die meisten fanden es zunächst anstrengend, die Bauchmuskulatur auf so ungewöhnliche Weise zu bewegen. Daher sollten Sie vor der Übung daran denken, sich auch mental so gut zu entspannen, wie Sie nur können! Verkrampftes Üben bringt Sie um den Lustgewinn und hält Sie davon ab, diese Übung in Ihren Alltag einzubauen. Meine chinesischen Lehrer erzählten mir, daß das innere Hui Chung Gong sich besonders vorteilhaft auf die inneren Organe wie Magen, Lunge und Nieren auswirkt und deren Beschwerden heilen kann. Eine besonders gute Wirkung hat es auf den Verdauungstrakt; Verstopfung und Magenbeschwerden reagieren rasch auf das Kreisen mit den Bauchmuskeln. Durch die korrekte, straffe Sitzhaltung bei entspannter Bauchmuskulatur ergibt sich eine lockernde Wirkung auf die Muskeln von Rücken und Nacken.

Das innere Hui Chun Gong ist aber darüber hinaus eine wertvolle und einfache Übung, um mehr Kraft zu erhalten. Mit Hilfe der chinesischen Medizintheorie läßt sich dieser Umstand auch leicht erklären. Es werden nämlich die zwei wichtigsten Energiezonen im menschlichen Körper massiert: *Dan Tien* und *Ming Men*, die beide auf den Meridianen liegen, die auf der Vorder- und Rückseite des Körpers in der Mitte verlaufen. *Dan Tien* liegt etwa drei Finger breit unter dem Nabel; dort befindet sich auch der Akupunkturpunkt *Qi Hai* (Meer der Energie). Die chinesische Tradition ist sich nicht ganz einig über die genaue Lokalisation des *Dan-Tien*-Punktes; die Mediziner halten ihn für identisch mit dem obengenannten Qi Hai, wohingegen die Daoisten die Zone des *Dan Tien* im Körperinneren, unmittelbar hinter dem Nabel selbst ansiedeln. Ihm gegenüber liegt auf dem Rücken der Punkt *Ming Men;* er ist für die Aufnahme, Speicherung und Verteilung von Yang-Energie zuständig.

Obwohl beide im allgemeinen Sprachgebrauch als Punkte bezeichnet werden, handelt es sich dabei eher um räumliche Zonen von der Größe einer Kugel mit einem Durchmesser von etwa 3 cm. Sie sollten sich daher keine allzu großen Sorgen um die exakte Lokalisation machen, denn Sie werden bei der Übung dieses Gebiet ganz sicher treffen. Ganz abgesehen davon, daß Sie die Energie dieses Punktes schon bald unmißverständlich spüren werden und dann genau wissen, wo er zu finden ist.

Beide Punkte, *Qi Hai* und *Ming Men*, werden bei der Akupunktur oder Moxibustion (Wärmebehandlung) verwendet, um dem Körper mehr Energie zuzuführen.

Durch den Stich und vor allem durch die Manipulation der Akupunkturnadel oder die Hitze des brennenden Moxakrauts wird das Energiereservoir aufgefüllt und aufgeladen. Ähnliches geschieht beim inneren Hui Chung Gong durch die kräftige Massage der Bauchmuskeln, die Sie aktiv auf diese beiden Körperzonen ausüben. Auch die in der chinesischen Medizin so wichtigen Nieren und Nebennieren werden durch diesen Vorgang gekräftigt.

Daher ist das innere Hui Chung Gong eine wichtige Übung für alle, die mehr Kraft brauchen. Bettlägerige, schwache und alte Leute sowie Menschen, die schlecht zu Fuß sind, profitieren deshalb sehr von dieser Übung. Diese Personen sollten so oft wie möglich üben und sich (im vernünftigen Rahmen natürlich) keine Begrenzungen setzen.

Falls Sie zu schwach oder bettlägerig sind und nicht im Sitzen üben können, versuchen Sie es im Liegen. Beginnen Sie damit, die verschiedenen Kreise um den Bauchnabel zuerst nur rein mental zu ziehen. Sicher gelingt es Ihnen allmählich auch so, den Qi-Fluß zu spüren, der sich durch Wärme und ein Gefühl der Ausdehnung im Unterbauch bemerkbar macht. Allmählich können Sie dann zu einer tatsächlichen Bewegung des Bauches übergehen. Versuchen Sie, so entspannt wie möglich zu üben.

Erfahrungsgemäß ist es schwieriger, die Bauchmuskulatur zu bewegen, wenn die Beine ausgestreckt sind. Ich empfehle Ihnen daher, im Liegen die Knie anzuwinkeln und sie mit einem größeren Polster abzustützen. So hängen die Bauchmuskeln entspannt und können leichter zum Kreisen gebracht werden. Bettlägerige Menschen sollten nicht versäumen, das Nabelgebiet nach dem Üben mit den Händen zu bedecken und zu wärmen. So wird die Energie gespeichert, und eine wohltuende und heilende Wärme breitet sich vom Dan Tien im ganzen Körper aus. Wenn Sie dann kräftiger geworden sind, gehen Sie zum Üben im Sitzen über.

Wie schon erwähnt, gibt es beim inneren Hui Chung Gong keinerlei Beschränkungen im Hinblick auf die Häufigkeit oder die Tageszeit der Übung. Sie können diese drei Zyklen auch mehrmals hintereinander üben. Beachten Sie, daß zwischen jedem Achterzyklus drei tiefe und entspannte Atemzüge liegen müssen. Trotz all dieser Großzügigkeit möchte ich darauf hinweisen, daß Sie etwa eine Stunde nach einer größeren Mahlzeit und während der ersten Tage der Menstruation aus verständlichen Gründen kein inneres Hui Chun Gong üben sollten. Schwangere üben ohne Muskelbewegung und lassen die Energie in ruhiger Meditation auf den vorgeschriebenen Bahnen kreisen.

Tägliches Üben macht schlank und läßt das Bäuchlein recht schnell kleiner werden. Besonders Bäuche, die sich aufgrund einer sitzenden Tätigkeit gebildet haben und erschlafft sind, sprechen gut auf das innere Hui Chun Gong an. Neben den schon erwähnten Wirkungen hilft es bei Verstopfung und unregelmäßiger Darmtätigkeit. Nieren, Nebennieren und Lungen werden gestärkt. Bei momentanen Magenbeschwerden kommt es in der Regel ziemlich schnell zu einer Erleichterung; meist sind die Beschwerden nach etwa zehn Minuten vorüber.

Probieren Sie die Übung einmal aus, wenn Sie Ihr Hungergefühl dämpfen möchten – sobald Sie alle drei Zyklen durchlaufen haben, ist der Hunger wie weggeblasen! Sie haben jetzt eine sehr wirksame Hilfe, wenn Sie sich das leidige Zuvielessen oder Naschen abgewöhnen möchten, indem Sie den Griff zur Schokolade durch das innere Hui Chung Gong ersetzen. Eines der Hauptprobleme beim Abstellen von Gewohnheiten ist es, die inzwischen konditionierte manuelle Gewohnheit, wie das Anzünden der Zigarette usw., ebenfalls zu löschen. Bewährt hat sich dabei, die eingeübte Tätigkeit durch eine andere, harmlose zu ersetzen.

Bei geschwächten Menschen, die ruhig etwas mehr Nahrung zu sich nehmen sollten, wirkt die Übung dagegen appetitfördernd. Außerdem stellt sie eine gute Methode dar, um Energiereserven aufzubauen und zu speichern.

Das Löschen der Muster

In den vergangenen zwei Jahren habe ich Hunderte von Menschen in Hui Chun Gong eingeführt. Bei vielen konnte ich in kurzer Zeit auffallende Veränderungen zum Positiven feststellen. Sei es, daß bestimmte, alteingesessene Gesundheitsstörungen verschwanden, sich die Beweglichkeit oder das Gedächtnis verbesserten oder Kraft und Streßtoleranz wuchsen. Diesen erfreulichen Wechsel zu Gesundheit und Wohlbefinden schrieb ich der Anregung des hormonellen Systems durch Hui Chun Gung zu.

Es gab aber auch Erlebnisse, die mich stutzig machten und die ich mir allein mit der Verbesserung der Hormonproduktion nicht erklären konnte. Ich hatte einen »Fan-Club« von alten Münchner und Wiener Damen, die alle hoch in den Siebzigern waren und mehrmals im Jahr begeistert meine Hui-Chung-Gong-Seminare besuchten. – Wissen Sie, wie die typische alte Münchnerin aussieht? Untersetzt, etwas mollig, etwas gebückt, in einem Lodenmantel undefinierbarer Farbe und im Winter mit einer jener ebenso undefinierbaren wie flusigen Mützen. (Alle anders aussehenden Münchnerinnen um die Siebzig mögen mir hier verzeihen!) Genauso hatte ich sie beim ersten Seminar kennengelernt. Einige trugen altmodische Trainingsanzüge, andere brave Faltenröcke. Drei Monate später sah ich sie wieder.

Welch eine Veränderung, weg der Lodenmantel, weg die flusige Mütze und die anderen altmodischen Sachen! Sie kamen im purpurnen Gymnastikdreß und in einem Fall sogar im pinkfarbigen Aerobicanzug! Nur eine Wienerin machte eine Ausnahme, doch als sie ihren Mantel auszog, trug sie eine Art Kampfanzug, der sogar mit einem Patronengürtel ausgestattet war. Ihre Gesichter strahlten rosig und jugendlich, und ihre Körperhaltung war zu der eines jungen Menschen geworden. Während meines Vortrags unterbrachen sie mich selbstbewußt und brachten sich auch sonst recht humorvoll ins Spiel. Als es an die Übungen ging, kam ich aus dem Staunen nicht mehr heraus: Sie waren perfekt. Später sprach ich mit ihnen und hörte mir ihre Lebensgeschichte an. Alle hatten kranke, zum Teil pflegebedürftige Männer zu Hause und waren nicht nur selbst erschöpft, sondern auch krank gewesen. Aus lauter Verzeiflung hatten sie mein Buch gekauft und Kontakt aufgenommen. In der Zwischenzeit hatten sie entschlossen geübt und sich die Zeit genommen, einmal oder zweimal am Tag Hui Chun Gong zu üben. Sie waren dadurch nicht nur viel gesünder geworden, sondern ihre innere Struktur hatte sich ebenfalls verändert. Ihre neue Kleidung und ihr Selbstbewußtsein waren der äußere Ausdruck davon. Diese Geschichte berührte mich sehr, besonders wenn ich die alte

Frau aus Wien betrachtete, die in nur drei Monaten zu einer echten Kämpferin geworden war.

»Ich danke Gott, daß ich diese Übungen lernen durfte, sie haben mich gerettet«, sagte sie bewegt zu mir.

In mir wuchs die Erkenntnis, daß an Hui Chung Gong auch noch etwas anderes als der rein gesundheitliche Aspekt sein mußte. Ich begann zu grübeln, ohne eine Lösung zu finden. Erst die Bemerkung einer anderen Zuhörerin brachte mich auf die richtige Spur. Ich hielt in einer Münchner Buchhandlung einen Vortrag über Hui Chung Gong, und wurde schließlich gebeten, einige der Übungen vorzuführen. Wie immer war es so still, daß man eine Stecknadel hätte fallen hören, als ich mit den einzelnen Figuren begann. (Auch auf diesen Umstand war ich schon öfter hingewiesen worden, ohne daß ich je einen Gedanken daran verschwendet hätte.) Als ich die Reihe beendet hatte, seufzte eine Zuhörerin auf und sagte laut:

»Haben Sie alle bemerkt, wie sich die Schwingung im Raum verändert hat, als sie übte?«

Einige Monate später wurde mir von anderer, kompetenter Stelle gesagt:

»Sie sprechen in Mandalas.«

Das war der zweite Hinweis, daß mein Körper anscheinend in Mustern sprach, wenn ich Hui Chun Gong übte, und plötzlich wurde mir klar, was geschehen war:

Die großen Veränderungen waren das Werk der Muster!

Obwohl ich den Sommer über an einem Buch über magische und heilende Muster gearbeitet hatte*, kam ich nicht von selbst darauf, daß bei den Hui-Chun-Gong-Figuren ebenfalls Muster nachgebildet und in den Raum gestellt wurden. Erst dieser Zwischenruf ließ mich den Zusammenhang erkennen. Nun verstand ich, weshalb sich die alten Frauen so nachhaltig und deutlich verändert hatten: Zweimal täglich hatten sie geübt und ein kraftvolles Muster nach dem anderen inkarniert. Durch meine Arbeit mit schamanischen Schilden wußte ich, daß Muster Situationen und Zustände verändern können, und genau das war hier geschehen.

Ohne die Kulturen vermischen zu wollen, stellte ich fest, daß einige der Hui-Chung-Gong-Positionen den nordischen Runen gleichen und dieselbe Wirkung wie diese haben. In der nordischen Tradition wird das Nachstellen von Runen mit dem Körper als *Stadha* bezeichnet, es handelt sich hierbei um eine Art Runenyoga oder Runengymnastik. Ein statisches Muster wie eine Rune wird durch zusätzliche

---

* M. Hackl, Schamanische Schilde – Vom Umgang mit magischen Mustern. Undine bei Sphinx.

Bewegung verstärkt. Daher gehört Stadha zur unverzichtbaren Praxis eines Vitki oder Runenmagiers. Stadha bringt die kosmische Kraft der Runen in den Körper hinein, durch sie wird der Vitki immer mächtiger. Vielleicht erklärt sich aus dieser Erfahrung heraus die rasche Wirkung der Hui-Chun-Gong-Übungen. Muster können, allgemein gesprochen, Gewohnheiten, Prägungen und Fixierungen löschen oder einen gewünschten Zustand anziehen.

»Laß das Fleisch den Geist belehren«, sagt der Vampir Claudia zu Louis in Anne Rice's »Interview With A Vampir«.

Hier haben wir es tatsächlich mit demselben Vorgang zu tun: Durch die Hui-Chun-Gong-Übungen inkarnieren wir kosmische Muster mit unserem Leib und ziehen ihre Kraft auf unsere stoffliche Ebene. Der Körper belehrt hier tatsächlich den Geist, indem er mittels der Übung dafür sorgt, daß unsere krankmachenden und schädlichen Muster aufgelöst werden und neue, lebensspendende und heilende Muster an deren Stelle treten.

Dennoch hatte ich Hemmungen, diese Erkenntnis zu veröffentlichen. Ich fürchtete den Vorwurf des Vermischens von unvereinbaren Kulturen und Traditionen, wie es in Kreisen der oberflächlichen Pseudoesoterik gebräuchlich ist. Dann wurde ich 1993 in Singapur in die geheime Form des tantrischen Qi Gong eingeweiht. Sie begann mit genau derselben Übung, die mir vor einigen Jahren bei meiner ebenfalls nicht öffentlichen Runeneinweihung und Schulung gezeigt wurde. Es schien also doch Parallelen in den verschiedenen Kulturen zu geben, und ich zögerte nun nicht mehr, am Ende einer Hui-Chung-Gong-Übung die entsprechende Runenstadha anzugeben. Daß ich auf dem richtigen Wege war, zeigen die verblüffenden Übereinstimmungen beider Haltungen; so entspricht die Position des Erdenkreisens z. B. der Rune *Hagalaz*, die ihrerseits den Samen und Keim in der Erde symbolisiert.

In diesem Zusammenhang kam ich auf die Idee, Hui Chung Gong ganz bewußt zum Löschen von körperlichen Schmerzen oder psychischen Mustern und Gewohnheiten einzusetzen.

Das Löschen geht folgendermaßen vor sich:

Überlegen Sie sich zunächst, welches Muster Sie löschen wollen und beschränken Sie sich auf ein einziges. Haben Sie Kopf- oder andere Schmerzen? Möchten Sie, daß sich ein Verspannungszustand löst? Leiden Sie an seelischen Schmerzen oder haben Sie eine Angewohnheit, die Sie auflösen möchten? Entscheiden Sie, welches Ihrer Muster Sie bearbeiten wollen. Es kann jedesmal nur ein einziges Muster gelöscht werden!

Zum Löschen der Muster benötigen Sie eines der drei Zinnoberfelder oder *Dan Tiens* im Körper. Nach chinesischer Ansicht stellen diese drei sphärenartigen Felder im Körper ganz besonders kostbare Gebiete dar, mit deren Hilfe der Körper Energie aufnehmen und speichern kann.

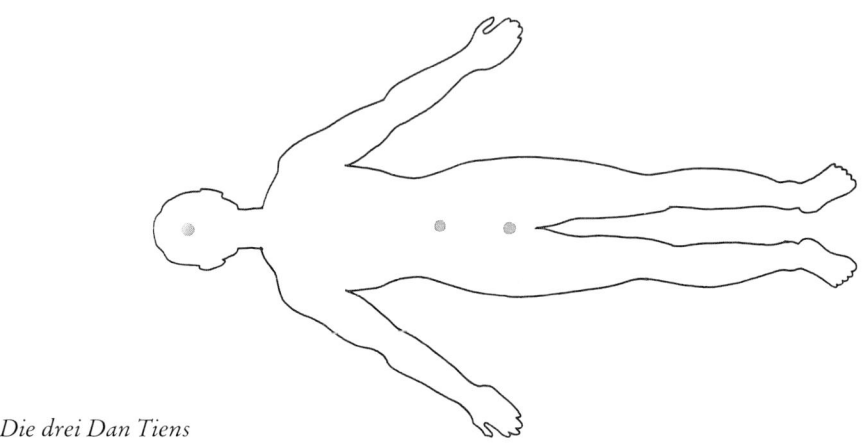

Die drei Dan Tiens

Das oberste Zinnoberfeld liegt auf der Stirn, genau zwischen den Augenbrauen. Wenn man mit diesem *Dan Tien* arbeitet, werden die Ephiphyse und die Hypophyse im Gehirn beeinflußt. Diese endokrinen Drüsen des Gehirns regeln unsere Körperfunktionen, steuern die Hormonproduktion und sind für unser psychisches Befinden verantwortlich. Der oberste *Dan Tien* stellt ein Tor zum Kosmos dar, denn wenn er durch eine Übung geöffnet wird, kann der Mensch durch ihn reinigende, kosmische Energie aufnehmen. Echte Medialität kann ebenfalls nur entstehen, wenn der oberste Dan Tien offen ist.

Setzen oder legen Sie sich entspannt hin und sammeln Sie Ihre gesamte Aufmerksamkeit am oberen *Dan Tien*-Punkt zwischen den Augenbrauen. Sie werden nach einiger Zeit spüren, daß dieses Gebiet warm wird oder sehr hell aufzuleuchten scheint. Ein Gefühl der Ruhe und des Friedens entsteht in Ihnen, genießen Sie es eine Zeitlang und erinnern Sie sich dann an das Muster, das Sie löschen möchten. Bitten Sie das Licht des obersten Zinnoberfeldes, Ihnen die Stelle im Körper zu zeigen, an der das Muster sitzt, und lassen Sie sich von ihm dahin führen. Wundern Sie sich nicht, wenn Sie zu einer anderen Stelle gezogen werden, als Sie erwartet haben und vertrauen Sie der Weisheit dieses Lichtes. Nehmen Sie das Muster so wahr, wie es sich zeigt. Es kann farbig sein, Gefühlsqualität oder tatsächlich irgendeine grafische Form haben.

Stehen Sie jetzt auf – all Ihre innere Aufmerksamkeit liegt auf dem gesehenen Muster – und beginnen Sie langsam mit Hui Chun Gong. Sie können einige Ihrer Lieblingsübungen herausnehmen oder, wie ich empfehle, das ganze Set durchüben. Wichtig ist nur, daß Sie während der gesamten Übung die Aufmerksamkeit auf dem Muster verweilen lassen, es festhalten und beobachten. Üben Sie zwanzig Minuten lang auf diese Art und Weise. Wenn Sie alle Hui-Chun-Gong-Übungen durchgespielt haben, sind genau die zwanzig bis fünfundzwanzig Minuten vergangen, die zum Löschen eines Musters benötigt werden.

Anschließend gehen Sie wieder in Ihre ursprüngliche Ruheposition zurück. Richten Sie Ihre Aufmerksamkeit wieder auf das oberste Zinnoberfeld, und lassen Sie sich von ihm zu dem betreffenden Muster führen. In den allermeisten Fällen ist das Muster verschwunden, und in jedem Fall zeigt es sich deutlich abgeschwächt und verändert. Wenn Sie sich entschieden haben, einen Schmerz loszuwerden, dann erleben Sie während des Übens meistens, daß sich dieser Schmerz zunächst verstärkt. Im weiteren Verlauf der Bewegung läßt er jedoch deutlich nach und verschwindet in den allermeisten Fällen wie von selbst. Nachdem das gewählte Muster gelöscht ist, empfinden Sie eine innere Befreiung und können darauf vertrauen, daß eine wichtige Veränderung tatsächlich stattgefunden hat.

Diese spezielle Arbeit habe ich mit über hundert Menschen während meiner Seminare erprobt. Es gab nur ganz wenige, die nicht in der Lage waren, sich auf das oberste Zinnoberfeld zu konzentrieren oder ein Muster wahrzunehmen. Die Wahl der zu löschenden Muster variierte von bestimmten Schmerzen bis zu psychischen Zuständen wie Eifersucht oder Angst. Am meisten erstaunt waren die Schmerzpatienten darüber, wie gründlich der betreffende Schmerz gelöscht worden war. Die Menschen mit psychischen Problemen fühlten sich erleichtert, viele lachten befreit auf. Etwa ein Drittel aller Personen, die ein psychisches Problem hatten, sah während der vorbereitenden Konzentration auf das oberste Dan Tien ein bis jetzt verdrängtes Bild aus ihrem Leben, das die jetzigen Probleme verursacht hatte. Besonders häufig wurden Szenen aus der Kindheit gesehen, die nur noch im Unterbewußtsein vorhanden waren. So erblickte eine Dame, die in einem Heilberuf tätig war und sich durch das unablässige Klingeln der Praxistürglocke phobieartig bedrängt fühlte, folgendes Bild: Die Eltern waren ausgegangen und sie spielte als Kind mit Freundinnen spannende Spiele in ihrem großen Haus. Eine entfernte Verwandte störte die Kinder damit, daß sie unaufhörlich den Klingelknopf drückte und sich so einen Zugang erzwingen wollte. Die Phobie, unter der sie jahrelang gelitten hatte, trat nie wieder auf, und heute freut sie sich darüber, daß die Praxisglocke so häufig ertönt.

Obwohl ich mit den Teilnehmern diese Übung aus Zeitgründen nur etwa zehn Minuten lang durchführe, zeigten sich diese erstaunliche Ergebnisse.

Wenn Sie einfach nur Hui Chun Gong üben, löschen Sie – je nach der Intensität Ihrer Übung – im Verlauf von Monaten oder Jahren unbewußte Muster. Mit der oben erklärten Methode haben Sie jedoch erstmalig die Möglichkeit, ganz gezielt ein beliebiges Muster zu löschen, unter dem Sie nicht mehr leiden wollen.

Hui Chun Gong fürs Fußvolk?

In den vergangenen zwei Jahren habe ich mich oft gefragt, ob Hui Chun Gong nicht besser das Geheimnis der Hua-Shan-Mönche und der chinesischen Kaiser geblieben wäre. Nicht nur im Westen scheinen die geheimen Verjüngungsübungen das Gespenst der Habgier heraufbeschworen zu haben. Ich spreche hier jedoch nicht von den unzähligen Menschen, die Hui Chun Gong gelernt haben, um selbst ein gesünderes und lebenswerteres Leben zu führen. Einige haben – nach eigenen Erfahrungen mit den Übungen – Hui Chun Gong in ihrem Freundeskreis verbreitet, und zu meiner großen Freude wurden die Übungen von einem meiner Schüler sogar in ein Gefängnis getragen und dort gelehrt. Meine nachdenkliche Frage betrifft vielmehr jene, die versuchen, es ohne fundierte Kenntnisse zu unterrichten.

Kurz nachdem ich die Übungen veröffentlicht hatte, gab es schon Lehrer für Hui Chun Gong, die sich allein durch das Lesen zum Unterricht befähigt fühlten. Andere entschlossen sich immerhin erst nach einem eintägigen Seminar, als Lehrer aufzutreten.

In kürzester Zeit schossen Hui-Chung-Gong-Lehrer aus dem Boden wie Pilze. Ihre Methoden waren nicht gerade ehrenhaft und teilweise arteten sie sogar in beschämende Schlammschlachten aus. Ich erinnere mich, daß ich einer Einladung nach Mannheim gefolgt war, um dort einen Vortrag zu halten. Eine Kollegin, die in diesem Gebiet ihre Praxis hatte, schickte ihre Patienten dorthin, die sich vor den Saaltüren aufstellten, und versuchte die Besucher in ziemlich häßlicher Form am Eintritt zu hindern, was bei einigen tatsächlich gelang. Sie unterrichtete selbst Hui Chun Gong und fürchtete, daß man den Unterschied bemerken könne, wenn ich die Übungen zeigte.

In Basel tauchte ein Mann aus München aus, der eine angeblich von mir ausgestellte Ermächtigung zum Hui-Chun-Gong-Lehrer vorzeigte, um sich für Kurse zu qualifizieren. Unnötig zu sagen, daß ich ihn weder kannte, noch dieses Zeugnis tatsächlich ausgestellt hatte, mit dessen Hilfe er schließlich in der Schweiz ein gutbesuchtes Seminar abhielt.

Später wurde mir anonym ein Tonband zugeschickt, auf dem ein ziemlich bekannter deutscher Lebenslehrer zum besten gab, daß er beim Lesen der Akasha-Chronik zufällig auf die geheimen Verjüngungsübungen der chinesischen Kaiser gestoßen war. Er erklärte einige der Übungen recht dürftig, als von seinen Zuhörern eine

Frage gestellt wurde. »Äh, mh, als ich in der Akasha-Chronik blätterte, hatte ich nicht genug Zeit, um danach zu fragen. Aber wenn ich das nächste Mal darin blättere, werde ich es tun.«

Andächtiges Schweigen der Zuhörer. – Ein Kommentar ist hier wohl überflüssig.

Ein kurzer Aufenthalt von mir in Lugano führte dazu, daß die Simultanübersetzerin einige Tage später eine Hui-Chun-Gong-Schule eröffnete. Eine andere Zuhörerin fühlte sich nach einer dreistündigen Einführung in die Übungen so sicher, daß sie flugs in einem renommierten Schweizer Gesundheitszentrum einen einwöchigen (!) Kurs anbot!

Im Frühjahr 1992 erschien im deutschen Privatfernsehen ein mir unbekannter Mann, der während der Sendung behauptete, er könne Aids und Krebs mit Hui Chun Gong vollkommen heilen. Seine Behandlung sei kostenlos, aber Spenden wären gern gesehen.

Ein anderer Herr gab nach dem Lesen des Buches vier Wochen lang auf einem Luxusliner den Teilnehmern einer Kreuzfahrt Hui-Chung-Gong-Unterricht, das er von einem indischen Meister auf geheimnisvolle Art und Weise gelernt haben wollte. Da er mich brieflich und telefonisch einige Male um Auskunft über die Übungen gebeten hatte, wußte ich, wer dieser geheimnisvolle indische Meister gewesen war.

Diese Beispiele führe ich an, um zu zeigen, auf welcher Ebene sich Lehrer befinden können. Sie führten mich unter anderem dazu, meine strenge Linie beizubehalten und niemanden zu autorisieren – einfach deshalb, weil niemand da ist, den ich autorisieren könnte. Meine langjährige Zen-Schulung und eigene Erfahrung bestätigten mir die östliche Tradition, in der die echten Meister eine Übermittlungslinie eher aussterben lassen, als sie einem weiterzugeben, der sich nicht auf oder, besser noch, über ihrer eigenen Ebene befindet. Wird nämlich die Tradition einer Person übertragen, die nicht mindestens das gleiche Niveau des Meisters selbst hat, dann geht es mit der Überlieferung steil bergab: Der minderwertige Meister lehrt minderwertig und wird noch minderwertigere »Meister« hervorbringen.

Ich fühle mich vor allem der Reinheit des Hui Chun Gong verpflichtet, denn ich habe diese kostbare Lehre als uralte, strahlende Perle übermittelt bekommen und würde meine persönliche Integrität verlieren, wenn ich sie nicht ebenso weitergeben würde.

Als ich, wieder in Singapur, meinen chinesischen Freunden von den Vorfällen in Europa erzählte, stieß ich zunächst nur auf Unglauben und Fassungslosigkeit. So selbstverständlich ist dort die Unmöglichkeit, ohne eine jahrelange Erfahrung und ohne Autorisierung in dieser Disziplin zu unterrichten. Ein chinesischer Freund charakterisierte das Problem mit folgenden Worten:

»Sie verkaufen die Krümel, die vom Tisch der Götter fallen, ohne selbst je daran gesessen zu haben.«

Zwei Tage später kam Meister Ong zu mir und überreichte mir einen Brief, um dessen Veröffentlichung er bat.

»Liebe Monnica,
viele hundert Jahre lang blieb Hui Chun Gong ein Geheimnis, das hinter den Mauern des Hua Shan Klosters oder denen des kaiserlichen Palastes in Beijing verborgen war. Ich hatte das Glück, diese Kunst von Meister Bian Zhizhong in China zu lernen. Später gab ich diese Kunst an Monnica Hackl weiter, die mich in Singapur aufsuchte und die ich unterrichtete. Da sie schon jahrelang Tai Chi und Qi Gong übt, ist sie jetzt gut geschult, um Hui Chun Gong einwandfrei zu lehren.

Kürzlich hörte ich, daß einige Leute sich dieser Kunst bemächtigen wollen. Sie geben vor, Hui-Chun-Gong-Lehrer zu sein, obwohl sie nur das Buch gelesen oder ein Seminar besucht haben. Einige von ihnen versuchten Frau Hackl zu bedrängen, sie zu Hui-Chun-Gong-Meistern zu ernennen.

Meine Antwort dazu ist: Es ist nicht möglich, über Nacht Hui-Chung-Gong-Meister zu schaffen – denn es erfordert eine jahrelange, intensive Übungszeit. Es funktioniert nicht nach marktwirtschaftlichen Gesichtspunkten, daß man – weil die Leute Hui-Chun-Gong-Meister haben oder sein wollen – auch solche zu produzieren hat.

Hui Chung Gong ist eine Kunst, die die Gesundheit und ein langes Leben fördert, und sie wurde uns der chinesischen Tradition entsprechend von unseren Vorfahren übermittelt. Es erfordert den absoluten Willen, sie kontinuierlich zu lernen und sie täglich, vorzugsweise am frühen Morgen, zu üben. Die Wirkung wird noch dadurch verbessert, wenn Zhen Dong Gong (die Schüttelbewegung, A. d. Ü.) täglich vor dem Schlafengehen geübt wird, denn es verhilft dazu, die Körpermuskulatur zu entspannen. Diese Kunst hat sich als wirksam erwiesen und ist es bis heute, denn sie lindert und heilt Krankheiten und verbessert den Gesundheitszustand. Wer Hui Chun Gong lehren möchte, muß daher jahrelang Tai Chi geübt haben und braucht die Anerkennung durch einen Meister.

Als prominentes Mitglied bedeutender Singapurer Organisationen lehrte ich meine Angestellten, die Interesse hatten, Tai Chi Chuan und Hui Chun Gong und habe daher Vertrauen in diese Kunst, denn sie hat denen, die sie lernten, geholfen.

Schlußendlich wünsche ich jedermann Vitalität und langes Leben durch Hui Chun Gong.

Mit den besten Grüßen

Ong Sing Pang

Hon. President: Singapore Tai Chi Physical School
Hon. Secretary: San Chay Medical Institution
Executive Director: Keppel Finance Ltd.
Council Member: Singapore Chinese Chamber of Commerce & Industry
Chairman: The Assn. of Hire Purchase & Finance Companies
Hon. President cum Adviser: Singapore Cycle & Motor Trader's 125
Hon. Chairman: Singapore Secondhand, Motor Vehicles Dealers' Assn.
Hon. President: Singapore Motor Repair Workshop Assn.
Hon. President: Singapore Taxi Assn.

Mein Mann hielt den denkwürdigen Augenblick in einem Schnappschuß fest, als Meister Ong mir seinen Brief überreichte. Ich war einigermaßen bewegt und bedankte mich herzlich bei ihm. Besonders rührte mich die Passage »Es erfordert den absoluten Willen, kontinuierlich zu lernen...«. Ich erkannte plötzlich, daß es Meister Ong vielleicht auch nicht immer leicht fiel, jeden Morgen um fünf Uhr im Park zu sein, um uns Hui Chun Gong zu lehren. Schließlich fuhr er anschließend noch ins Büro und ging seinen Geschäften nach. Ob Samstag oder Werktag, ob Monsunregen oder drückende Hitze, Meister Ong war immer und geduldig da. Ich schämte mich meiner Trägheit, die mich gelegentlich einen heftigen Wolkenbruch am frühen Morgen wünschen ließ, der das Üben unmöglich machte. Wie oft führte mein erster Weg nach dem Klingeln des Weckers zum Fenster und wie oft hatte ich mich nach dem Ausruf »Schon wieder alles trocken!« mürrisch auf den Weg in den Park gemacht. Ich selbst war immer nur zwei Monate in Singapur, Meister Ong dagegen das ganze Jahr.

Einmal fragte ich ihn, ob er am Sonntag ausschlafen würde: »Nein«, sagte er, »da übe ich mit meinen Freunden am Mount Faber.«

Ein Jahr später hatte das Gespenst der Habgier auch auf Asien übergegriffen. Ein chinesischer Lehrer verkaufte allein die Übung Drachenschwimmen in Japan für umgerechnet DM 3000. Die anderen Übungen wurden überhaupt nicht erwähnt. In Singapur, Malaysia und Japan wurde für die Kurse in der Zeitung auf Boulevard-presseniveau damit geworben, daß sie Dicke dünn und Impotente wieder potent machen könnte. Der Zulauf war dementsprechend.

Die Angst der Meister

Jeder, der sich ein wenig näher mit der traditionellen chinesischen Überlieferung von Wissen beschäftigt hat, macht folgende Erfahrung: Beinahe jeder chinesische Lehrer behauptet, daß seine Kunst uralt bzw. viele tausend Jahre alt sei, daß sie ganz geheim sei und einer bis jetzt geheimen Familientradition angehöre. Auch die modernen, im Westen etablierten Lehrer verfahren auf dieselbe Art und Weise, und so ergießt sich ein warmer Regen von mehr oder weniger großen Geheimnissen auf die neugierige Welt. (Auch Hui Chun Gong gehört zu den Geheimnissen, wie ich mit einem Schmunzeln anfügen möchte.) Der Verkaufswert eines dieser Geheimnisse ist um so größer, je mehr spektakuläre Ergebnisse es bei minimalstem Einsatz verspricht, wie Buch- und Seminarerfolge der jüngeren Zeit gezeigt haben. Dem Leser wird suggeriert, daß er mit einer Handvoll läppischer Stellungen, die täglich ein paar Minuten geübt werden, Tod und Alter überwindet. Dem Seminarbesucher wird eingeredet, daß er, nachdem er eine gewisse Zeit und beträchtlich viel Geld in die Workshops des Meisters gesteckt hat, in kürzester Zeit selbst als Meister die Ausbildung verläßt.

Kein Angebot ohne Nachfrage: Bereitwillig folgen Hunderte den Propheten, die Meisterschaft und ewige Jugend all denen verkaufen, die kaum Qualifikationen vorzuweisen haben.

Hier fällt Hui Chung Gong zum Leidwesen vieler aus dem Raster, denn wie bei allen echten Künsten bringt hier ein größerer Einsatz ein Vielfaches mehr an Energiegewinn und Entwicklung. Das wußten und wissen alle Meister, die diesen Namen verdienen. Sie werden auch schwerlich unter ihnen solche finden, die für ihre Kunst in folgender Art und Weise werben: »An der Bushaltestelle..., während Sie fernsehen (besonders beliebt!)..., in fünf Minuten...« usw. In fünf Minuten passiert gar nichts, außer Sie gehören zu den raren Glücklichen, die tatsächlich ständig am Rande der Erleuchtung entlang jonglieren.

In neuerer Zeit machen sich selbst Chinesen die »Fünf-Minuten-Mentalität« des Westens zunutze, um ihre Geheimnisse teuer zu verkaufen. (Ich erinnere mich an einen medizinischen Kongreß in China, der Ende der siebziger Jahre abgesagt wurde, weil die westlichen Teilnehmer nicht bereit waren, die geforderten 10 000 Dollar Eintritt zu zahlen.) Hier geraten wohl die in China geübte Tradition der Geheimhaltung und die wohlbekannte Geschäftstüchtigkeit der Chinesen miteinander in Konflikt.

Wer sich mit der chinesischen Kultur näher befaßt und viele Kung-Fu-Geschichten gelesen hat, kennt deren stets gleichbleibenden Kern: Ein Meister, der sich in jahrelangem harten Training einen ganz bestimmten Kung-Fu-Stil erarbeitet hat, der ihn zu wunderbaren Taten befähigt, fühlt sein Ende nahen. Auf drei verschiedene Schriftrollen hat er jeweils einen Teil seines Geheimnisses aufgeschrieben. Drei seiner engsten Schüler erhalten je eine Schriftrolle zugestellt. Jedes einzelne Schriftstück ist für sich genommen wertlos, denn es wird nur dem verständlich, der auch die anderen beiden besitzt. Nun folgen die langen und gefährlichen Verwicklungen und Abenteuer, die seine Schüler bestehen müssen, um zusammenzukommen und zum vollständigen Wissen ihres Meisters zu gelangen.

Wenn man die oben erwähnte Entwicklung im Westen betrachtet, scheint die Angst der alten Kung-Fu-Meister vor dem Diebstahl des Wissens begründet zu sein. Im Jahre 1992 besuchten zwei chinesische Großmeister Singapur und unterrichteten dort einige ausgewählte und fortgeschrittene Tai-Chi-Praktiker in speziellen Qi-Gong-Techniken mit dem Schwert, dem Messer und der Lanze. Auch eine chinesische Freundin von mir nahm an dieser dreimonatigen Schulung teil. Ich wollte sie morgens um sieben nach dem Ende der Hui-Chun-Gong-Lektionen von Meister Ong an der Wu-Shu-Schule abholen, in der diese Ausbildung stattfand. Kaum betrat ich den inneren Hof durch das mit blauglasierten Ziegeln bedeckte kreisrunde Tor, ertönte die gewaltige Stimme des bulligen chinesischen Meisters:

»Ting! Bu yao dong!« »Halt! Keine Bewegung!«

Auf dieses Kommando erstarrte die kleine Gruppe im Hof, jeder hielt mitten in der Bewegung inne, die er gerade machte. Mit einem Blick hatte der alte Meister die Gefahr erfaßt: Erstens betrat hier eine Westlerin den Übungshof, zweitens schien sie vom Fach zu sein, denn sie trug die typischen Schuhe und die Kleidung eines Qi-Gong-Übenden! (Ich bin jedoch ziemlich sicher, daß er sich bei einem Chinesen genauso verhalten hätte, denn schließlich war er gerade dabei, sein Wissen einem kleinen ausgewählten Kreis zu verkaufen.) Er war tatsächlich so verärgert, daß er den Platz verließ, nicht ohne seinen Assistenten eingeschärft zu haben, mir nur ja nichts von den Übungen zu zeigen.

Die Meister haben also damals wie heute Angst, daß ihr Wissen gestohlen und mißbraucht werden könnte. Die unzähligen Legenden von findigen Schülern, die auf die hohen Mauern des Übungshofes kletterten, um sich die Künste des Meisters abzuschauen, geben ein anschauliches Zeugnis davon. Daher ging man in Asien dazu über, diejenigen, die diese Künste erlernen wollten, auf erdenklich harte Art zu prüfen. Sie mußten jahrelang niedrige Dienste im Haushalt tun, putzen, kochen und schwere Wasserkübel schleppen, bevor sie in die Gunst des Meisters kamen und seinem Unterricht folgen durften. Allen Geschichten aber ist eines gemeinsam: Nur denjenigen, den der Meister für außerordentlich fähig hielt, unterzog er dieser harten Prüfung. Die weniger begabten Schüler erhielten zwar einen guten Unterricht, wurden aber nicht in die wahren Geheimnisse des Meisters eingeweiht. Wer jemals chinesische Kung-Fu-Filme gesehen hat, wird sich an den sehnsüchtigen Blick des Küchenjungen erinnern, der im Hof der Schule die Glücklichen beobachtete, die unbeschwert übten, während er sich mit niedrigen Arbeiten abplagte. Dabei darf man nicht vergessen, daß diese sogenannten niedrigen Arbeiten eine ganz gezielte Vorbereitung auf das meisterliche Kung Fu waren, in das der Schüler später eingeweiht werden sollte. Zum Erstaunen aller gewöhnlichen Schüler wird dann stets der Küchenjunge und Wasserträger zum wahren Meister erklärt; obwohl jahrelang durch Hausarbeit gehindert, überholt er schließlich alle anderen.

Die alte chinesische Verwirrtaktik zum Schutz des Wissens ist auch heute noch am Beispiel des Hui-Chun-Gong-Meisters Bian Zhizhong zu sehen. Ich besitze drei Heftchen über Hui Chun Gong aus seiner Hand. Zwei davon sind in chinesischer Sprache abgefaßt, eine dieser Broschüren ist ins Englische und mittlerweile auch ins Deutsche übersetzt. Interessant für uns ist dabei die Verschleierung, die der Autor betreibt, um das Geheimnis der Übungen zu schützen. In beiden chinesischen Ausgaben sind zwar fast alle von mir geschilderten Übungen beschrieben, es fehlen jedoch die Eröffnungsübung, die Übungen »Pumpen des Yin«, »Stärkung der Niere« und »Das Herz beleben«. Die Übungen, besonders »Schulteröffnen« und »Vitalenergie«, sind so mangelhaft dargestellt, daß nicht zu erkennen ist, wie und wie oft sie auszuführen sind. Zusätzlich sind noch drei sehr schwierige Übungen beschrieben, und zwar so, daß sie auf gar keinen Fall nachgemacht werden können. Eine der Broschüren zeigt vorbereitende Stellungen vor jeder Position, die andere nicht. Wie schon erwähnt, sind Zeichnungen und Text so dürftig, daß kaum etwas daraus zu entnehmen ist. Auch die Reihenfolge der Übungen ist ein einziges Durcheinander. Interessant für uns ist, daß in der englischen Übersetzung des einen Heftchens der Inhalt noch einmal gekürzt ist. Zu den mir persönlich übermittelten Übungen, die in beiden chinesischen Texten fehlen, sind – obwohl es sich um eine angeblich vollständige Übersetzung handelt – noch zwei weitere Übungen herausgenommen worden. Der englische Text scheint jedoch – Übersetzung hin, Übersetzung her – viel genauer zu sein als die beiden chinesischen Ausgaben; meine Singapurer Freunde kopierten sich das englische Heftchen, denn sie konnten dort Angaben finden, die in der Originalausgabe fehlten.

Man mag davon halten, was man will – durch diese Praktiken schützen sich seit Jahrhunderten Qi-Gong-Meister in der chinesischen Tradition davor, daß ihr Wissen verwässert und verfälscht wird. Einige scheinen aber auch von einer engstirnigen Angst vor der Entmachtung durch einen möglicherweise besseren Nachfolger geleitet zu werden. Mir war ein bedeutender Großmeister bekannt, dessen Namen ich hier nicht nennen möchte, der, obwohl er schon ein halbes Jahr lang von einem Schlaganfall gelähmt darniederlag, sich nicht durchringen konnte, einen Nachfolger zu bestimmen. Erst am Tage seines Todes versuchte er, in krakeligen Zeichen den Namen des betreffenden Mannes niederzuschreiben. Es gelang ihm nicht, und so wurde die ganze Arbeit seines langen Lebens dadurch zunichte, daß er sich von seiner Angst leiten ließ. Seine treuen Schüler wurden führerlos, zerstreuten und zerstritten sich.

Andere Meister befinden sich auf einer Stufe, in der sie ihr Wissen zwar an Schüler weitergeben können; sie finden aber tatsächlich niemanden, der ihnen das Wasser reichen und ihr Nachfolger werden könnte. Ihnen bleibt nur übrig, sich in Geduld zu fassen und dann vierzig oder fünfzig Jahre zu warten, bis ihnen vielleicht derjenige begegnet, der ihnen gewachsen ist. Ein echter Meister läßt die Linie eher erlöschen, als daß er einen dürftigen Nachfolger bestimmt, der das Niveau seiner Kunst ganz schnell herabsinken ließe.

Der Tod der Meister

Seit fast zehn Jahren suchten mein Mann und ich, beide Schüler des großen Tai-Chi-Meisters Huang Shen Shyan, auch seinen Freund Sia Mok Tai in Singapur auf. Auch Meister Ong und Madame Chan waren beider Schüler, und nur deshalb hatten wir auch Kontakt mit ihnen bekommen. Meister Sia war in den Achtzigern und ebenfalls ein bedeutender Tai-Chi-Meister. Er lebte in der alten Chinesenstadt und hatte in der Temple Street einen faszinierenden Laden, in dem er seine selbstgemachten chinesischen Arzneien, Öle und Tinkturen verkaufte. In den beiden Schaufenstern fanden sich Adlerfedern, Tai-Chi-Schuhe, trockene Wurzeln, seltsame Zeichen und seidene chinesische Kung-Fu-Kleidung. Noch bevor ich Meister Sia persönlich kennenlernte, kannte ich seinen Laden. Oft stand ich vor diesen trüben Glasscheiben, betrachtete die seltsamen Auslagen und fragte mich, wem dieser Zauberladen wohl gehören könnte. Als er uns schließlich einmal zu sich nach Hause einlud, war die Überraschung groß und das Rätsel gelöst.

Als früherer Kung-Fu-Kämpfer hatte er lernen müssen, seine Blessuren und Beulen selbst zu heilen. So stellte er verschiedene Kräutermischungen zusammen, die bei Knochenbrüchen, Rheuma und Blutergüssen erstaunlich schnell halfen. Er mischte die Zutaten selbst zusammen und ließ sie in riesigen, eisernen Töpfen im Hof seines Hauses tagelang vor sich hinköcheln. Noch heute hüte ich einige dieser kleinen Töpfchen und Flaschen in meiner Paxis.

Jedes Jahr eilten wir zur Temple Street, um unsere Glücksgeschenke, eine gerade Anzahl von Orangen, abzugeben und seine hervorragenden Salben und Tai-Chi-Artikel zu kaufen. Das Innere des Ladens war dunkel und ganz von einem großen Altar und Ahnenschrein beherrscht, vor dem zu jeder Tageszeit rote Öllampen und Räucherstäbchen brannten. Daneben lagen die üblichen Geschenke für die Götter: Blumen, Mandarinen, ein Glas Wasser und ein halbes gekochtes, ziemlich lasches Huhn. Es folgte der übliche Austausch von Erfahrungen, Fotos und Neuigkeiten.

Vor einigen Jahren hatte Meister Sia ein wundervolles chinesisches Schwert vom Festland mitgebracht. Freudig eilte er mit einem länglichen Kasten, der mit türkisfarbener Seide bespannt war, herbei. Er öffnete ihn und in einem Bett aus weicher Seide lag ein wundervoll geschmiedetes Schwert. Scheide und Griff waren eine herrliche Intarsienarbeit aus Perlmutt. Nach einigen Tassen Tee wechselte das Schwert seinen Besitzer: Meister Sia verkaufte es meinem Mann, nicht ohne sich von ihm zuvor seine Schwertform vorführen zu lassen!

Meister Sia

Wie immer sprach er dann eine Einladung in die Waterloo Street aus. Jeden Sonntag unterrichtete er dort frühmorgens auf dem Dachgarten drei fortgeschrittene Schüler. Wir kamen gerne, obwohl ich natürlich ebenso gerne einmal ausgeschlafen hätte! In ungewöhnlicher Großzügigkeit zeigte er sein Kung Fu und lehrte uns die Schwertform und Tai Chi. Einmal bat er mich, doch seinen Arm, der lose an seiner Seite herab hing, hochzuheben. Nichts leichter als das, dachte ich, stellte mich hinter ihn und versuchte ihn hochzudrücken. Es gelang mir nicht, ihn auch nur ein wenig zu bewegen, obwohl ich meine ganze Kraft dabei einsetzte und Meister Sia mit meinem Gedrücke und Geschnaube zum Lachen brachte. Später sagte er lakonisch, sein ganzes Geheimnis bestehe darin, daß er sich völlig entspannen könne.

Als ich einmal darüber klagte, daß ich soviel zugenommen hätte, fauchte er mich zu meiner Überraschung kurz an und erklärte mir, wie man mittels dieser »Fauchatmung« aus dem Bauch heraus innerhalb eines Mondumlaufs seinen Fettansatz loswerden könne. Ein andermal eilte er munter die Treppe hinauf und winkte mir, ihm zu folgen. Ich sprang ihm nach, aber er lachte nur und sagte, daß ich nicht richtig aufgepaßt hätte. »Ich habe mich immer nur aus einem Hüftgelenk heraus bewegt. Die andere Hüfte und das Knie dürfen dabei nicht helfen, sondern bleiben ganz locker hängen.«

Meister Sia unterrichtet Georg Hackl

Es war höllisch anstrengend, auf diese Art und Weise die Treppe hinaufzugehen, und ich schaffte nie mehr als zwei bis drei Stufen.

»Im nächsten Jahr, wenn Sie wiederkommen, können Sie es«, sagte Meister Sia zum Abschied.

Er sah so jung, frisch und glücklich aus, daß ich nicht daran zweifelte, ihn wiederzusehen.

Als wir im Winter 1992/93 in Singapur ankamen, erhielten wir unmittelbar nach unserer Ankunft die Nachricht, daß Meister Xia am Tag zuvor gestorben war. Obwohl es bereits spät am Abend war, baten unsere Freunde:

»Kommen Sie mit und erweisen Sie ihm Ihren letzten Respekt.«

Wir fuhren in die Waterloo Street, wo er gelehrt hatte. Ein Teil des Gehsteigs und des Hofes war abgesperrt. Viele Tische und Stühle waren unter riesigen bunten Zeltdächern aufgestellt. Als wir ankamen, herrschte reges Treiben. Alle Tische waren voll besetzt und im Hintergrund spielte eine Kapelle. Sofort kam Meister Sias Tochter Jenny auf mich zu und drückte mir die Hände: »Sie sind einen Tag zu spät gekommen«, sagte sie weinend. Dann führte sie uns in das Hauptzelt, in dem der

Letztes Foto mit Meister Sia

Sarg aufgebahrt war. Durch den gläsernen Deckel lächelte Sia Mok Tai genauso freundlich und friedlich wie zu seinen Lebzeiten, obwohl er aus Kummer wegen einer sehr traurigen Familienangelegenheit krank geworden und wenige Wochen später auch gestorben war.

Vor dem Sarg stand eine Fotografie von ihm, sein bester blaugrauer Tai-Chi-Anzug und seine Tai-Chi-Schuhe waren zwischen den Blumen drapiert. Daoistische Mönche rezitierten Sutren, und ihr eintöniger Gesang vermischte sich mit den qualmenden Sandelholzstäbchen, die in einem großen Kupferkessel brannten.

»Sind Sie Christin?« fragte Jenny flüsternd.

»Ja – aber ich bin mit dem Buddhismus vertraut«, flüsterte ich zurück.

»Gut, dann kommen Sie mit mir.«

Wir verneigten uns vor dem Sarg, traten zu dem kleinen Altar und opferten unter vielen Verbeugungen drei Räucherstäbchen. Schließlich warfen wir uns auf den Boden, um Meister Sia dreimal unsere Verehrung zu bezeugen.

Drei Nächte lang leisteten wir Meister Sia Gesellschaft. Zusammen mit seiner Familie, seinen Freunden und Schülern saßen wir bei ihm, aßen Unmengen von frischen Erdnüssen, tranken die beliebten Yeo's Tütchen, unterhielten uns, lachten und – spielten Majong. In der tropisch-heißen Nacht Singapurs mit den vielen, farbigen Lichtern blähte gelegentlich ein warmer Wind die bunten Zeltplanen, der Qualm der Räucherstäbchen wurde vom Duft malayischer Gewürzzigaretten überdeckt, Gelächter und chinesische Musik vermischten sich zu einer verwirrenden Illusion: Wir glaubten auf einem Sommerfest zu sein.

Während die abendländische Totenwache immer etwas Tieftrauriges und manchmal sogar Unheimliches an sich hat, verbringen die Chinesen tatsächlich noch ein paar fröhliche Tage mit dem Verstorbenen. Die Anwesenheit des toten Meisters war während dieser langen Abende so spürbar, daß ich mich gelegentlich umdrehte, weil ich ihn hinter mir stehen glaubte.

Prozession zum Friedhof

Am vierten Tag wurde er zu Grabe getragen. Vormittags versammelten wir uns alle um seinen Sarg. Dann fuhr der Lastwagen vor, der ihn zum Friedhof brachte. Er war wundervoll geschmückt und glich in seiner Farbigkeit eher einem Karnevalswagen: eine Symphonie in Türkis, Grün und Rosafarben! An den Ecken waren acht grüne Drachen, acht lohfarbene Tiger und vier orangefarbene Fische, die lebendig in all den Schleifen und Bändern schaukelten. In einer langen Prozession begleiteten wir den Wagen durch Singapur, Hunderte von Menschen folgten diesem großen Meister, während der Verkehr stockte und wir unter unseren aufgespannten Schirmen Schutz vor der sengenden Sonne suchten. Endlich erreichten wir die riesige Nekropole Singapurs, den Friedhof von Chua Chu Kang. Über weite Hügelketten zog sich die Gräberstadt dahin. Die eigentliche Beerdigung war überraschend kurz. Seine nächsten Angehörigen folgten in groben Juteüberwürfen und Strohsandalen dem Sarg. Jenny hielt die Totenlaterne aus türkisfarbener Seide in der Hand, deren lange Bänder im Wind wehten. Der Sarg, die Jutekleider und Sandalen wurden unter der Rezitation von Mönchen ins Grab gesenkt, die Laterne auf den aufgeworfenen Hügel gesteckt.

Die Wettergötter waren gut gestimmt, es regnete nicht, und wir brauchten unsere Schirme nur dazu, um uns vor der Hitze der Sonne zu schützen. Als Jenny mit ihren Schwestern barfuß vom Grab zurückkam, mußte sie nicht durch Schlamm waten, sondern konnte auf der trockenen Erde zum Wagen gehen. Jeder Trauergast bekam ein kleines farbiges Frotteetüchlein zum Zeichen der Trauer geschenkt und zusätzlich noch zwei kleine Münzen, die fest in rotes Papier gewickelt waren.

»Kaufen Sie sich etwas Süßes dafür«, sagte Jenny zu mir, »dann ist das Geld richtig verwendet.«

In den Zelten der Waterloo Street trafen wir uns alle wieder, um gemeinsam miteinander zu essen. Dort wurde ich in eine ausführliche Diskussion verwickelt, die sich darum drehte, ob Meister Sia genug *Shiu* (inneres Bemühen) entwickelt hatte, um nicht mehr wiedergeboren zu werden. Wenn ich an seine stets freundlichen Augen dachte, war ich mir sicher, daß er seinen Platz in der oberen Welt eingenommen hatte.

Wenige Wochen später starb Großmeister Huang Shen Shyan während eines Aufenthalts in China. Seine Tai-Chi-Gemeinde in Singapur war erschüttert, hatte sie doch gerade erst Meister Sia verloren! Meister Huang hatte meinen Mann und mich mehrmals großzügig in seinem Haus in Sarawak aufgenommen, um uns dort zu lehren. Mein Mann hatte ihn auf einem Teil seiner Reisen in Asien begleitet und viel von ihm gelernt. In meinen Augen war er eine schillernde Persönlichkeit, die ich nicht immer sympathisch fand, aber zweifelsohne war er ein ganz großer Könner und Meister, den ich als diesen auch anerkannte.

An unserem letzten Tag besuchten wir seine Totenfeier. Viele waren zusammmgen- kommen, einige Männer weinten ungeniert. Nach dem Tode Meister Sias hatten sie sich damit getröstet, daß Meister Huang bei ihnen bliebe. Jetzt war ihnen bewußt,

一对德国夫妇也来向师父致敬。

德国人也来致敬

Von rechts nach links: Meister Ong, Georg Hackl, M. Hackl. Die Bildunterschrift besagt, daß sogar ein Ehepaar aus Deutschland, die Schüler des Meisters waren, ihm die letzte Ehre erwiesen.

wieviel sie verloren hatten. Mit dem erschütterten Meister Ong verneigten wir uns vor dem Bild des großen Mannes. Es war traurig, und wir spürten, daß eine Ära zu Ende gegangen war. So begann unsere Zeit in Singapur am ersten Abend mit einer Totenfeier, und sie endete mit einer Totenfeier am letzten Tag. Aus diesem traurigen Anlaß erschien unser Foto dreimal in der Singapurer chinesischen Zeitung *(Shin Min Daily News)*.

Als mein Mann und ich am nächsten Morgen früh auf den Weg zum Flughafen am Park vorbeifuhren, sahen wir, wie Meister Ong mit seinen Schülern übte. Obwohl erschüttert und getroffen, hatte er das nie enden wollende Werk der Liebe wieder aufgenommen. Sicher schwitzte er in der drückenden Schwüle, vermutlich hatten ihn auch schon einige Moskitos gestochen. Er verkörperte den absoluten Willen zu lernen, wie er in seinem Brief geschrieben hatte. Ich winkte ihm zu, obwohl er mich nicht sehen konnte und zollte ihm schweigend meinen höchsten Respekt.

Die Legende geht weiter

Bedrohlich und unerbittlich kamen die drei nachtdunklen Gestalten auf mich zu. Der erste Mann berührte mich an der Schulter und sagte:

»Der erste, der diese kostbare Perle weitergegeben hat, hat keine Augen mehr, er kann nicht mehr sehen!«

Der zweite Mann rempelte mich an: »Der zweite, der diese kostbare Perle weitergegeben hat, hat keine Füße mehr, er kann nicht mehr gehen.«

Der dritte Mann versetzte mir einen Schlag: »Der dritte, der diese kostbare Perle weitergegeben hat, bist du, und du wirst...«

Mit Entsetzen richtete ich mich aus dem Schlaf aus, diese Traumsequenz war so lebendig, daß ich noch die große, kostbare Perle in meinen Händen zu fühlen glaubte. Ich wußte sofort, daß sie die Hui-Chung-Gong-Übungen symbolisierte, die ich oft als kostbare, alte Perle bezeichnete. – Ich hatte sie weitergegeben und wurde deshalb bedroht. Die Warnung war so bedrückend, daß ich noch in der Nacht beschloß, all meine geplanten Hui-Chun-Gong-Seminare abzusagen. Die intensiven, jahrelangen Erfahrungen im Schamanismus hatten bei mir dazu geführt, solche Erlebnisse absolut ernst zu nehmen. Am nächsten Morgen bat ich einen meiner Schamanenschüler, der seit fünf Jahren bei mir in die Lehre ging und pikanterweise Jurist an einer großen Bundesbehörde war, durch eine schamanische Reise noch etwas Licht in die Angelegenheit zu bringen. Meine Fragen bezogen sich vor allem auf den Fehler, den ich offensichtlich damit begangen hatte, Hui Chun Gong zu unterrichten.

Einige Tage später bekam ich das Ergebnis der schamanischen Reise zu hören, die mein Schüler für mich unternommen hatte. (Im Schamanismus läßt man in dringenden eigenen Angelegenheiten eine andere Person für sich reisen.)

»Hui Chung Gong wurde von daoistischen Mönchen entwickelt und nur beim Eintritt in den Orden weitergegeben. Als die chinesischen Kaiser die Mönche gezwungen hatten, sie die Übungen zu lehren, warfen sie in ihrer Kränkung einen Fluch über Hui Chun Gong. Dieser Fluch betraf all jene, die außerhalb der Klosterregel Hui Chung Gong verbreiteten. Wie in Ihrem Traum gab es nur drei Menschen, die das bis jetzt getan haben. Meister Ong war nicht von dem Fluch betroffen, denn er lehrte nur eine Handvoll persönlicher Schüler.

Der erste war der letzte überlebende Mönch, der die Klosterregel gebrochen hatte, als er Bian Zhizhong die Übungen übergab. (Er hat keine Augen mehr, er kann nicht mehr sehen.) Der zweite war Bian Zhizhong selbst, er verbreitete Hui Chun Gong in China. (Er hat keine Füße mehr und kann nicht mehr gehen.) Der dritte sind Sie, denn Sie lehren Hui Chun Gong im Westen. Daher sind auch Sie von diesem Fluch betroffen.« Wie alle echten schamanischen Reisen war auch diese von einer Klarheit, Einfachheit und Logik, die überzeugte.

»Aber es geht noch weiter«, fuhr mein Schüler fort, »mir wurde gesagt, daß Sie selbst eine schamanische Reise in die Zeitzone der Hua-Shan-Mönche unternehmen und dort den Abt des Klosters aufsuchen sollten.«

Es vergingen mehrere Tage, bis ich den Mut aufbrachte, mich auf diese Reise zu begeben. Nach einiger Zeit fand ich den Ort des Klosters in der Anderswelt. Die Mönche waren gerade beim Üben und zu meiner Verblüffung waren ihre Bewegungen straffer und schneller, als ich sie gelernt hatte. Sie sprangen, Panthern gleich, in dem geschmeidigen Tanz des Hui Chun Gong. Bald hatte ich auch den Abt gefunden, der etwas abseits sitzend die Übenden beobachtete. Ich näherte mich ihm ehrfürchtig und warf mich vor ihm, in der Erwartung des vernichtenden Schlages, der jetzt kommen mußte, auf den Boden. Lange geschah nichts, bis ich plötzlich eine warme Hand auf meiner Schulter spürte, die mich nach oben zog. Ich blickte auf und sah in das uralte, gütige Gesicht des weisen Mannes. Mein Stottern, daß ich nie mehr Hui Chun Gong unterrichten wolle, tat er mit einer wohlwollenden Handbewegung ab. Dann griff er zu einer Jadescheibe, die er an einer Seidenkordel um den Hals trug. Er brach sie in zwei Teile und gab mir die untere Hälfte.

»Das ist für dich, und nur für dich und wenn du einmal gestorben bist, mußt du sie mir wieder zurückgeben.«

Die spürbare Erschütterung dieser Erfahrung hielt sich noch lange in meinem Alltag. Seltsamerweise verschwanden von diesem Zeitpunkt an alle körperlichen Beschwerden, die ich sonst bei der Durchführung von Hui-Chun-Gong-Seminaren gehabt hatte. Auch dies ist ein sicheres Zeichen für korrekt praktizierten Schamanismus: Was wir in den anderen Welten erfahren, muß seine Wirkung in unserer alltäglichen Welt haben!

Als ich ein halbes Jahr später meine Singapurer Freunde wieder traf und ihnen von dieser Erfahrung berichtete, wurden sie zunächst bleich und still. Dann erfuhr ich, das Bian Zhizhong tatsächlich im Monat meines Traums, im blühenden Alter und auf rätselhafte Weise gestorben war, nachdem er drei Monate lang in Singapur Triumphe mit Hui Chun Gong gefeiert hatte. »Er hat keine Füße mehr, er kann nicht mehr gehen«, flüsterte meine Freunin En Teen erschüttert.

Nicht nur mir, die ich eine schamanische Praxis habe, eröffneten diese Übungen einen Zugang zu anderen Zeitzonen und Wirklichkeiten. Auch Menschen, die noch nie etwas von diesen Welten gehört hatten, machten ähnliche Erfahrungen. Die Frau eines Schweizer Managers erzählte mir z. B., daß sie große Schwierigkeiten hatte, die Übung Drachenschwimmen zu begreifen. Im Traum erschien ihr dann ein Mönch und erklärte sie ihr geduldig und – wie ich mich überzeugen konnte – auch richtig. Diese kleine Episode soll hier für viele andere stehen, die mir berichtet wurden. Das Eröffnen dieser Dimensionen hängt mit Sicherheit damit zusammen, daß das Formieren von magischen Mustern uns neue Bereiche eröffnet. Wir geraten damit ganz nahe an die Nahtstellen der Welten und könnten zu neuen Ebenen des Bewußtseins und der Kraft gelangen. Denken Sie dabei nur an die runische Bedeutung der Eröffnungsübung: »Der Mensch öffnet sich die Tür zum Kosmos.«

Einige mögen diese Passage vielleicht mit einem Lächeln übergehen, ich fühle mich aber aufgrund meiner persönlichen Erfahrung und nicht auch zuletzt meiner wissenschaftlichen Veröffentlichungen wegen sicher genug, auch diese anderen Bereiche wenigstens einmal anzudeuten, ohne gleich mein Gesicht zu verlieren. Es gäbe noch viel darüber zu sagen, sei es nun über die Wissenschaft der Runen, die Erfahrungen in den anderen Welten oder die tatsächlichen Tiefen des Qi Gong – das hier Skizzierte ist nur ein sehr bescheidener Bruchteil des Wissens.

Durch die gütige Führung des Hua-Shan-Abtes aus der Anderswelt wurde ich übrigens 1993 auf wunderbare Weise in Singapur einem Mann aus China vorgestellt, der lange Jahre bei Bian Zhizhong gelernt hatte und mir das allerinnerste Hui Chun Gong auch in den drei geheimen Übungen, die der Meister selbst nur seinen engsten Schülern weitergab, übermittelte. Die Übungen stellten alles zuvor Gelernte in den Schatten.*

Esa feliz transparencia, schreibt der spanische Dichter Vincente Aleixandre: »Diese glückliche Transparenz wo atmen nicht bedeutet... einen teilnahmslosen Block einzuatmen«*. Denn wie ein »teilnahmsloser Block« erscheint die früher eingeatmete Luft denen, die am Tisch der Götter sitzen dürfen. Die Legende geht also nicht nur weiter, sie wird vielmehr zur Wirklichkeit.

---

* Sie werden, wenn die Zeit dafür gekommen ist, in einer späteren Veröffentlichung geschildert.
* Zitiert nach V. Aleixandre: Nackt wie der glühende Stein, Rowohlt 1977, S. 29.

Literaturhinweise

Bian Zhizhong: Daoist Exercises For Virility & Longevity, 1988 Hongkong.

derselbe: **"中国道家秘传养生长寿术"**
邊治中著

derselbe:

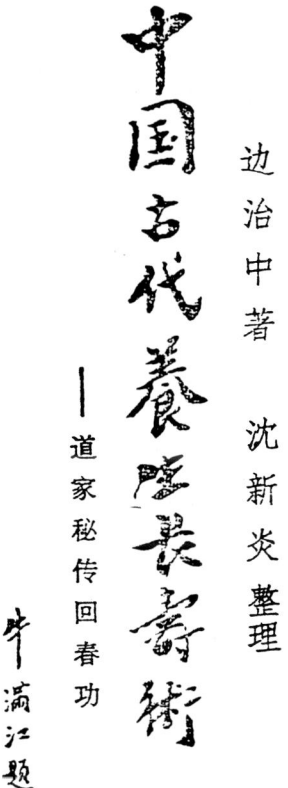

Mantak & Maneewan Chia: Chi Nei Tsang-Internal Organs Chi Massage, 1990 Huntington.
Yang Jwing-Ming: The Root Of Chinese Chi Kung, 1989 Hongkong.
Max F. Long: Kahuna Magie, 1992 Freiburg.

Von derselben Autorin sind bis jetzt erschienen:

Die Als-ob-Symptome in der Homöopathie, Sonntag Verlag.
Bach-Blütentherapie für Homöopathen, Sonntag Verlag.
Lebendige Homöopathie, Blackie, Sonntag Verlag.
Qi Gong – Heilender Atem, Bruno Martin Verlag.
Hui Chun Gong – Die Verjüngungsübungen der chinesischen Kaiser,
    Hugendubel Verlag.
Hui Chun Gong Video, Hugendubel Verlag.
Schamanische Schilde – Vom Umgang mit magischen Mustern, Undine bei Sphinx.
Cystal Energy, Herbig Verlag.

Monnica Hackl
Hui Chun Gong
Die Verjüngungsübungen der chinesischen Kaiser.
Ein praktisches Übungsbuch
127 Seiten mit s/w-Abbildungen

Hui Chun Gong, wörtlich übersetzt »Übung zur Rückkehr des Frühlings«, heißt ein uraltes chinesisches Geheimnis zur Verjüngung von Körper und Geist. Von taoistischen Mönchen entwickelt, blieb es außerhalb der Klostermauern jahrhundertelang den Kaisern und ihren Frauen vorbehalten, diese hochwirksamen Übungen zu erlernen. Das Verblüffendste an ihnen ist ihre Einfachheit – die Zauberformel: gesammelte Aufmerksamkeit und langsame Bewegung. Die Übungen erfordern keinerlei körperliche Anstrengung und sind auf kleinstem Raum durchführbar. Neben einer leicht verständlichen Einführung in die Wirkungsweise von *Hui Chun Gong* beschreibt die Autorin alle Bewegungsabläufe detailliert in Wort und Bild.

IRISIANA

Heinz Grill

Harmonie im Atmen

Vertiefung des Yoga-Übungsweges

132 Seiten mit s/w-Abbildungen und einem Faltblatt zum Herausnehmen

Das Buch trägt zur Vertiefung der Atemarbeit bei und führt den Leser in die seelisch-geistigen Zusammenhänge des Lebens ein. Es ist in zwei Bereiche gegliedert – einmal die sogenannte Freie Atemschulung, bei der eine Reihe von verschiedenen Körperübungen beschrieben wird, um die Atmung im lebendigen Zusammenhang und Geschehen mit dem Leben zu erfahren. Die Übungen werden in ihrem tieferen Sinn erklärt. Der zweite Teil beschreibt Übungen der bewußten Atemführung, die sogenannten Pranayama-Übungen. Hintergründe und Möglichkeiten, aber auch Gefahren, die mit diesen Übungen verbunden sind, werden neben der Technik und Ausführung eingehend erläutert.

Hans Höting
Qi Gong Kugeln
für Gesundheit, Meditation und Vitalität

352 Seiten mit zahlreichen Abbildungen und Skizzen, Pappband

Aus intimer Kenntnis der traditionellen chinesischen Heilweisen entfaltet Hans Höting ein differenziertes Hintergrundwissen zu den unterschiedlichsten Qi-Gong-Kugeln, Einzel- und Zwillingskugeln, und ihren therapeutischen Anwendungsbereichen: vom Fitness-Training bis zur speziellen Behandlung körperlicher Leiden.

Sorgfältig beleuchtet der Autor die Qi-Gong-Kugeln aus jedem erdenklichen Blickwinkel: ganz gleich, ob es um ihren Ursprung in der Walnuß in prähistorischer Zeit, ihre Wirkungsweise oder die physikalischen und philosophischen Implikationen ihrer Kugelform geht.

IRISIANA

Qingshan Liu
Qi Gong
Der chinesische Weg für ein langes, gesundes Leben
154 Seiten mit s/w-Abbildungen

Qingshan Liu, chinesischer Meister und Arzt, kennt aus jahrelanger Praxis in Deutschland die Fragestellungen und Schwierigkeiten seiner Schüler und Schülerinnen und bietet in diesem Buch eine umfassende Einführung in die Theorie und Praxis der chinesischen Energieflußübung Qi Gong. Neben den Beschreibungen der Übungen gibt er Hinweise auf ihre spezifische Wirkung und häufige Fehlerquellen. Der Autor erläutert den Unterschied von Traditioneller Chinesischer Medizin und westlicher Schulmedizin, geht auf die Begriffe Qi und Qi Gong, Autogenes Training, Gymnastik und Tanz ein. Die Übungen sind für Anfänger und Fortgeschrittene gleichermaßen geeignet.

IRISIANA